Le chapeau de Mitterrand

Antoine
LAURAIN

Le chapeau
de Mitterrand

ROMAN

Le fait d'avoir un chapeau sur la tête vous confère une indéniable autorité sur ceux qui n'en ont pas.

Tristan BERNARD

Daniel Mercier monta les escaliers de la gare Saint-Lazare à rebours de la foule. Des hommes et des femmes descendaient autour de lui, attachés-cases à la main et même valises pour certains. Ils avaient le front soucieux et la démarche rapide. Dans la cohue, ils auraient pu le bousculer, mais il n'en fut rien, bien au contraire il lui sembla que tous s'écartaient sur son chemin. Arrivé en haut des marches, il traversa la salle des pas perdus et s'approcha des quais. Là aussi, la foule était dense à la sortie des trains, un flot humain ininterrompu ; il se fraya un passage jusqu'au panneau des arrivées. Le train était annoncé au quai 23. Il remonta quelques dizaines de mètres et se plaça près des composteurs.

À 21 h 45, le train 78654 entra en gare dans un crissement et libéra les voyageurs. Daniel haussa le cou à la recherche de sa femme et de son fils. Il distingua d'abord Véronique, qui lui fit un signe avant de dessiner dans l'air un cercle approximatif autour de sa tête, concluant le geste par une moue étonnée. Jérôme, lui, s'était faufilé vers son père et se planta dans ses jambes, manquant de lui faire perdre l'équilibre. Véronique arriva, essoufflée, et dévisagea son mari. Qu'est-ce que c'est que ce chapeau ? — C'est le chapeau de Mitterrand. — Je vois bien que c'est le chapeau de Mitterrand. — Non, objecta Daniel, je veux dire que c'est *vraiment* le chapeau de Mitterrand.

Lorsqu'il avait annoncé à la gare que c'était « vraiment le chapeau de Mitterrand », Véronique l'avait regardé en penchant la tête, avec ce petit froncement de sourcils qu'elle avait toujours lorsqu'elle se demandait si c'était du lard ou du cochon. Elle avait eu le même quand Daniel l'avait demandée en mariage, ou encore à leur première sortie ensemble, lorsqu'il lui avait proposé de visiter l'expo à Beaubourg. Bref, ce petit froncement pour lequel il était tombé amoureux, entre autres. Tu vas m'expliquer ça, avait-elle fait, incrédule. — Tu as le chapeau de Mitterrand, papa ? — Oui, avait répondu Daniel en se saisissant de leurs bagages. — Alors t'es président ? — Oui, je suis président, avait répliqué Daniel, que cette suggestion enfantine satisfaisait pleinement.

Durant le trajet en voiture, Daniel avait refusé de donner la moindre information. Je vous raconterai tout à la maison. Véronique eut beau insister, ce ne fut pas négociable. Arrivé au seizième étage de leur tour du XVᵉ arrondissement, Daniel annonça qu'il avait fait à manger. Un plat de viande froide et poulet ainsi qu'une salade tomate basilic et un plateau de fromages, ce qui fit pousser un soupir d'admiration à Véronique – son mari ne préparait le dîner de son propre chef que quelques rares fois dans l'année. Avant toute chose, ils prendraient l'apéritif. Assieds-toi, avait dit Daniel, qui n'avait pas quitté son chapeau. Véronique s'était assise, tout comme Jérôme qui vint se blottir contre elle. À nous, avait-il dit en choquant solennellement son verre contre celui de sa femme, tandis que Jérôme les imitait avec son Banga.

Daniel avait retiré son chapeau pour le tendre à Véronique. Elle l'avait saisi délicatement, passant un doigt sur le feutre, aussitôt suivie par Jérôme. Tu as les mains propres ? lui avait-elle demandé, un peu effrayée. Puis elle avait retourné le chapeau, et son regard était tombé sur la bande de cuir intérieure. On pouvait y lire deux lettres imprimées au fer d'or : F. M. Véronique avait levé les yeux vers son mari.

La veille, Daniel avait arrêté sa Golf à hauteur du carrefour. Il avait coupé l'autoradio qui diffusait cette chanson où une jeune femme ânonnait qu'elle préférait la ouate à toutes les autres matières. Ce *hit* du moment, au refrain lent et entêtant, commençait à lui sortir par les yeux. Il s'était massé douloureusement l'épaule, en tentant de faire craquer son cou, sans succès. Il n'avait aucune nouvelle de sa femme et de leur fils partis passer les vacances en Normandie chez ses beaux-parents. Peut-être trouverait-il un message sur le répondeur en rentrant. La cassette audio commençait à donner des signes de fatigue et avait du mal à se rembobiner depuis quelques jours. Il faudrait acheter un nouveau répondeur. Comment faisait-on lorsqu'il n'y avait pas de répondeur ? s'était demandé Daniel. Le téléphone sonnait dans le vide, il n'y avait personne, on rappelait plus tard. C'était tout.

L'idée de faire ses courses lui-même, puis de se préparer à manger dans l'appartement silencieux, lui avait paru insurmontable. Un restaurant, une belle brasserie, l'image s'était imposée à ses yeux vers seize heures, tandis qu'il contrôlait les dernières notes de frais des chargés de mission de la Sogetec. Il y avait bien un an qu'il n'était pas allé dans une belle brasserie. La dernière fois, c'était avec Véronique et Jérôme. À six ans, ce dernier avait été très sage. Ils avaient commandé un plateau de fruits de mer Royal, une bouteille de pouilly-fuissé et un steak haché-purée pour Jérôme qui avait déclaré, au grand regret de son père, qu'il ne voulait pas goûter d'huîtres. Même pas une ? — Non, avait-il fait en secouant la tête. — Il a le temps, avait plaidé Véronique. Oui, c'était vrai, Jérôme avait le temps. Il était maintenant vingt heures, le froid de ce début d'hiver pesait déjà sur la ville, la rumeur citadine comme le bruit de la circulation en étaient comme assourdis. Il était déjà passé plusieurs fois en voiture devant cette brasserie. Tâtonnant entre le boulevard et une rue adjacente, il avait fini par l'apercevoir. C'était bien celle-là, avec son écailler dehors, ses grands stores rouges et ses serveurs en tabliers blancs.

Un repas seul, sans femme ni enfant, l'attendait. Un repas comme il en faisait parfois avant son mariage. À l'époque, ses revenus ne lui permettaient pas des adresses aussi prestigieuses. Pourtant, même dans les plus modestes enseignes où il s'était rendu, il avait toujours bien mangé et n'avait jamais éprouvé le besoin d'une compagnie pour déguster une andouillette, une pièce du boucher ou une assiette de bulots. Une soirée de célibataire s'annonçait dans la lumière déclinante de l'hiver. Le terme lui plut beaucoup. Une soirée de célibataire, se redit-il en claquant la portière de la Golf. Daniel éprouvait le besoin de « se retrouver », comme l'avait dit une intervenante dans une émission d'Antenne 2, une psychothérapeute qui avait écrit un livre sur le stress au travail et venait en faire la promotion. Daniel avait trouvé sa formule pleine de bon sens. Il allait faire cette parenthèse gastronomique afin de se retrouver, d'évacuer le stress de la journée, les chiffres de la comptabilité et les récentes tensions dues à la réorganisation du service financier. Jean Maltard en avait pris la direction, Daniel, en tant que directeur adjoint, considérait que cette nomination ne présageait rien de bon. Ni pour le service ni pour lui-même. Traversant le boulevard, il décida de chasser ces tracas de son esprit. Dès que j'aurai poussé la lourde porte de la brasserie, il n'y aura plus de Jean Maltard, ni de dossier Sogetec, ni de notes de frais et de TVA. Il n'y aura plus qu'un plateau Royal et moi.

Le serveur en tablier blanc l'avait précédé tout le long d'une enfilade de tables où des couples, des familles et des touristes parlaient en souriant ou hochaient la tête, la bouche pleine. Il avait eu le temps de distinguer des plateaux de fruits de mer, des entre-côtes pommes vapeur, des faux-filets béarnaise. À son entrée, le maître d'hôtel, un homme doté d'une silhouette elliptique et d'une fine moustache, lui avait demandé s'il avait réservé. Un instant, Daniel crut que sa soirée allait lui échapper. Je n'ai pas eu le temps, avait-il répondu d'une voix blanche. Le maître d'hôtel avait haussé le sourcil gauche en regardant attentivement sa liste de réservations pour le soir. Une jeune fille blonde s'était approchée de lui : La douze a décommandé il y a une demi-heure, avait-elle dit en pointant une ligne de la liste. — Et personne ne me prévient ? avait fait le maître d'hôtel, piqué. — Je pensais que Françoise vous l'avait dit, répondit mollement la fille avant de s'éloigner. Le maître d'hôtel ferma les yeux un instant, avec une moue douloureuse suggérant qu'il prenait beaucoup sur lui pour ne pas laisser éclater la fureur due à cette bévue ancillaire. On va vous conduire à votre table, monsieur, dit-il à Daniel, en accompagnant la phrase d'un mouvement de menton à destination d'un garçon qui s'approcha aussitôt.

Les brasseries possèdent toujours des nappes d'un blanc vif, presque bleuté, aussi blessant pour les yeux que la neige des sports d'hiver. Les verres et les couverts en argent étincellent littéralement. Pour Daniel, cette luminosité particulière des tables des grandes brasseries était le symbole même du luxe. Le garçon revint avec le menu et la carte des vins. Daniel déplia la couverture en faux cuir rouge et commença à lire. Les prix dépassaient sensiblement ce qu'il avait imaginé, mais il décida de laisser de côté ce détail. Le *Plateau Royal de fruits de mer* s'annonçait au centre de la page dans une calligraphie soignée : fines de claire, creuses et plates de Bretagne, un demi-tourteau, clams, bouquets, langoustines, bulots, crevettes grises, palourdes, praires, amandes, bigorneaux. Daniel se saisit de la carte des vins et y chercha un pouilly-fuissé ou fumé. Là aussi, c'était plus cher que ce qu'il escomptait. Daniel commanda son plateau en y ajoutant une demi-bouteille de pouilly-fuissé. Je regrette, fit le garçon, nous ne l'avons qu'en bouteille entière. Daniel ne voulut pas passer pour un radin. Une bouteille sera très bien, dit-il en refermant la carte des vins.

Des couples en majorité. Des tables d'hommes en complets cravates gris tout comme le sien, si ce n'est que les leurs devaient venir de maisons prestigieuses. Peut-être même avaient-ils été faits sur mesure. Ainsi, les quatre quinquagénaires assis un peu plus loin devaient fêter la fin d'une rude journée et la signature d'un beau contrat. Ils buvaient à petites gorgées un vin assurément excellent. Chacun avait sur le visage ce sourire calme et confiant des hommes qui ont réussi dans la vie. À l'une des tables situées sous les grands miroirs, une élégante femme brune en robe rouge écoutait un homme dont

Daniel ne voyait que le dos et les cheveux gris. Elle l'écoutait distraitement et son regard dérivait parfois sur la salle quelques instants avant de revenir se poser sur son interlocuteur. Elle semblait s'ennuyer. Le sommelier déposa un seau argenté sur pied, la bouteille de pouilly y flottait, entourée de glaçons. Il se saisit d'un tire-bouchon et accomplit le rituel de l'ouverture en faisant passer le liège sous ses narines. Daniel goûta la première gorgée, le vin lui parut bon. Il ne faisait pas partie de ces amateurs éclairés qui distinguent chaque nuance dans un cru et en dissertent en termes raffinés. Comme tous ses semblables, le sommelier attendait d'un air vaguement condescendant l'approbation de son client. Daniel choisit d'acquiescer d'un mouvement de tête qui laissait supposer une très grande érudition sur les bourgognes blancs. Un demi-sourire aux lèvres, le sommelier remplit son verre et s'éloigna. Quelques instants plus tard, un garçon vint disposer sur la nappe un socle rond, signe que le plateau de fruits de mer allait arriver. Suivirent la corbeille de pain noir, le ramequin de vinaigre à l'échalote et le beurrier. Daniel tartina un bout de pain qu'il trempa discrètement dans le mélange. Rituel qu'il accomplissait chaque fois qu'il mangeait des fruits de mer au restaurant. Le goût du vinaigre fut emporté par la gorgée de vin glacé. Il eut un soupir de satisfaction. Oui, il s'était retrouvé.

Le plateau arriva avec ses fruits de mer disposés par famille sur la glace concassée. Il prit une huître, puis approcha le citron coupé en quarts juste au-dessus, pressa délicatement l'agrume, une goutte tomba sur la fine membrane qui se rétracta aussitôt. Plongé dans les reflets irisés de son huître, il eut juste le temps de percevoir que la table voisine venait d'être déplacée. Relevant la tête, il vit le maître d'hôtel à la moustache qui souriait à un nouvel arrivant. Un homme qui retira son écharpe rouge, puis son manteau et son chapeau, et se glissa sur la banquette au côté de Daniel. Voulez-vous que l'on prenne votre vestiaire ? demanda aussitôt le maître d'hôtel. — Non, non, ça va comme cela. Je vais le poser sur la banquette. Ça ne vous dérange pas, monsieur ? — Non, murmura Daniel, d'une voix à peine audible. Je vous en prie, ajouta-t-il dans un souffle.

François Mitterrand venait de s'asseoir à côté de lui.

Deux hommes prirent place en face du chef de l'État. Un gros trapu à lunettes et cheveux frisés, l'autre mince, la chevelure grise élégamment coiffée en arrière dans une sorte de vague. Celui-là accorda un bref sourire bienveillant à Daniel qui tenta de le rendre avec le peu de naturel qui lui restait. Il avait déjà vu cet homme aux yeux perçants et aux lèvres fines. Maintenant son titre et son nom lui revenaient, le ministre des Relations extérieures, Roland Dumas. Il avait cédé sa place à un autre depuis que Mitterrand avait perdu les législatives, huit mois plus tôt. Je dîne à côté du président de la République, se dit Daniel à plusieurs reprises afin de pouvoir donner une forme de réalité à ce fait récent, nouveau, irrationnel. De la première huître qu'il mangea, il ne discerna pas le goût, tant son attention était captée par son nouveau voisin. L'étrangeté de la situation lui fit penser qu'il allait peut-être se réveiller dans son lit et que la journée n'aurait pas encore commencé. Dans la salle, les regards des autres clients se perdaient faussement du côté de la table de Daniel. Tout en se saisissant de sa deuxième huître, il jeta discrètement un coup d'œil à sa gauche. Le Président avait chaussé ses lunettes et lisait le menu. Daniel imprégna sa rétine de ce profil hiératique, vu sur les photos des magazines, à la télévision, tous les 31 décembre depuis cinq ans lors des vœux. Ce profil, il pouvait le voir en vrai, en chair et en os, comme on dit. Il aurait suffi qu'il approche sa main pour le toucher. Le garçon revint, le Président passa commande d'une douzaine d'huîtres, et d'un saumon. Le gros commanda un pâté aux cèpes et une viande saignante, Roland Dumas suivit le Président sur les huîtres et le poisson. Quelques minutes plus tard, le sommelier revint avec un seau argenté sur pied où un nouveau pouilly-fuissé baignait dans la glace. Il déboucha la bouteille avec grâce et en versa une gorgée dans le verre présidentiel. François Mitterrand goûta et approuva d'un imperceptible hochement de tête. Daniel se resservit un plein verre qu'il but presque d'un trait, avant de prendre une cuillerée de vinaigre rouge à l'échalote pour en napper une huître. « Je l'ai dit à Helmut Kohl, la semaine dernière... » La voix de François Mitterrand accompagna sa dégustation et Daniel se dit que plus jamais il ne mangerait d'huîtres au vinaigre sans entendre : « Je l'ai dit à Helmut Kohl, la semaine dernière. »

Un garçon posa un quart de rouge devant le gros à lunettes qui se versa aussitôt un verre tandis qu'un autre leur amenait les entrées. Le gros goûta son pâté qu'il trouva bon, puis enchaîna sur une histoire de terrine aux morilles. Le Président avala une huître tandis que Daniel sortait une épingle du bouchon recouvert de papier argenté afin de s'attaquer aux bigorneaux. Michel a des merveilles dans sa cave, dit Roland Dumas d'un air complice. Le Président leva les yeux vers lui et « Michel » enchaîna aussitôt sur sa cave en province où il entreposait des cigares en provenance du monde entier, mais aussi des saucissons. Il tenait autant à ses cigares qu'à ses saucissons. C'est amusant, ça, de collectionner les saucissons, dit François Mitterrand en pressant son quartier de citron. Son dixième bigorneau avalé, Daniel jeta à nouveau un coup d'œil à sa gauche. Le Président terminait sa dernière huître et s'essuyait la bouche dans la serviette immaculée. Avant que j'oublie… commença-t-il à l'intention de Roland Dumas, le téléphone de notre ami. — Oui, bien sûr, murmura Dumas esquissant un mouvement vers la poche de sa veste. Le Président se tourna vers son manteau, souleva le chapeau et le posa derrière la barre de cuivre qui surplombait les banquettes. Il sortit de sa poche un carnet en cuir, chaussa à nouveau ses lunettes et le feuilleta. — Dernier nom en bas de la page, dit-il en tendant le carnet à Dumas. Celui-ci le prit et recopia en silence le nom et les coordonnées dans son propre agenda, puis il rendit le carnet à François Mitterrand qui le remit à sa place dans son manteau. « Michel » commença une histoire sur un homme dont le nom ne disait rien à Daniel. Dumas l'écoutait en plissant les yeux et François Mitterrand esquissa un sourire : Vous êtes sévère, dit-il avec ironie, incitant par là son interlocuteur à continuer. — Mais si, mais si, c'est vrai, j'étais là ! poursuivait le gros en tartinant la fin de son pâté. Daniel écoutait l'histoire. Il lui semblait partager une espèce d'intimité un peu folle. Tous les clients de la brasserie avaient disparu. Ils n'étaient plus que tous les quatre. *Et vous, Daniel, qu'en pensez-vous ?* Daniel se serait tourné vers le chef de l'État, il aurait prononcé des phrases qui auraient profondément intéressé François Mitterrand. Le Président aurait opiné du chef, puis Daniel se serait retourné vers Roland Dumas afin de solliciter son opinion. Dumas aurait acquiescé et Michel aurait ajouté de sa voix gouailleuse : Bien sûr, Daniel a raison !

Cette femme est très belle…, dit doucement François Mitterrand. Daniel suivit son regard. Le Président contemplait la brune en robe rouge. Dumas profita de l'arrivée des plats pour se retourner discrètement. Le gros fit de même. — Très belle femme, approuva-t-il. — Je confirme, souffla Dumas. Daniel se sentit en communion avec le chef de l'État. François Mitterrand avait commandé le même vin que lui, maintenant il repérait la même femme. Avoir les mêmes goûts que le premier des Français n'était pas rien. Cette convivialité de demi-mots échangés sur les femmes était le ciment de nombreuses amitiés viriles et Daniel se prit à rêver qu'il était le quatrième convive de la table du Président. Lui aussi possédait un agenda de cuir noir dont l'ancien ministre serait ravi de recopier les contacts. La cave du gros n'avait pas de secret pour lui, et régulièrement il s'y rendait pour une dégustation de saucisson avant d'allumer les plus fins havanes du monde. Et surtout, il accompagnait le Président dans ses promenades parisiennes, sur les quais de Seine, le long des bouquinistes et tous deux, les mains dans le dos, devisaient de la marche du monde ou plus modestement du coucher de soleil sur le pont des Arts. Les passants se retournaient sur leurs silhouettes désormais familières, et dans son entourage tout le monde murmurait à mi-voix : Daniel connaît très bien François Mitterrand...

— Tout se passe bien ?

Le garçon le tira de sa rêverie. Oui, tout se passait bien, il ferait durer son plateau de fruits de mer le temps qu'il faudrait. Même s'il devait rester jusqu'à la fermeture, il ne se lèverait pas de sa banquette avant le départ du Président. Il le faisait pour lui, pour les autres, pour pouvoir le raconter un jour : J'ai dîné aux côtés de François Mitterrand dans une brasserie en novembre 1986, il était à côté de moi, je l'ai vu comme je te vois. Daniel avait désormais à l'esprit les phrases qu'il prononcerait dans les décennies à venir.

Deux heures et sept minutes s'étaient écoulées. François Mitterrand venait de disparaître dans la nuit entouré de Dumas et du gros après que le maître d'hôtel leur avait ouvert la porte avec cérémonie. Ils avaient tous trois achevé leur repas sur une crème brûlée. Le gros avait sorti un cigare d'un étui en cuir en signalant qu'il l'allumerait dehors, pendant la petite promenade. Dumas avait payé avec un billet de cinq cents francs. Nous y allons ? avait demandé le Président. Dumas s'était levé, la jeune fille du vestiaire était apparue et l'avait aidé à enfiler son manteau, elle avait fait de même avec « Michel » qui s'était plaint d'un reste de son lumbago tandis que le Président enfilait seul son manteau, passant son écharpe rouge autour du cou. Il avait profité de ce geste pour se tourner vers la brune et leurs regards s'étaient croisés. Elle avait esquissé un fin sourire, que le Président avait dû lui rendre, mais cela Daniel ne l'avait pas vu. Puis tous trois s'étaient dirigés vers la sortie. Dans la salle, chacun s'était penché vers son commensal et les conversations avaient baissé d'un ton durant quelques secondes. Voilà, c'était fini. Rien ne restait que quelques assiettes vides, des couverts, des verres, des serviettes blanches à peine froissées. Une table comme toutes les tables, songea Daniel. Dans quelques minutes, les couverts seront débarrassés, la nappe changée, et un client s'y installera pour le deuxième service sans se douter une seconde que le président de la République était assis à cette même place moins d'une heure auparavant.

Daniel s'était réservé une dernière huître, un peu laiteuse, qui attendait son tour depuis vingt bonnes minutes sur la glace fondante. Il y déposa une cuillerée de vinaigre rouge et la dégusta, l'iode se libéra sur sa langue, mélangé à l'amertume poivrée du vinaigre : « Je l'ai dit à Helmut Kohl, la semaine dernière... » C'était sûr, dorénavant il l'entendrait toute sa vie. Daniel avala sa dernière gorgée de pouilly et reposa le verre sur la nappe. Ce dîner était vraiment irréel – et tout cela tenait à si peu de chose : s'il avait choisi de rentrer chez lui et de se faire à manger, s'il avait opté pour une autre brasserie, si le maître d'hôtel n'avait pas eu de table libre, si le client de la table en question ne s'était pas décommandé... Les événements importants de nos vies sont toujours le résultat d'un enchaînement de détails infimes. Cette pensée lui causa un léger vertige, il ne sut s'il devait l'attribuer à la puissance de sa réflexion ou aux soixante-quinze centilitres de pouilly-fuissé. Il ferma les yeux quelques secondes en soupirant, fit bouger son épaule, puis tenta de faire craquer son cou et pour y parvenir leva la main gauche jusqu'à toucher la barre de cuivre. La main rencontra le métal froid mais aussi autre chose. Quelque chose de souple et de doux qui venait de se rétracter à la manière d'une huître. Daniel se retourna vers la barre de cuivre : le chapeau était là. Instinctivement, il regarda vers l'entrée de la brasserie. Le Président était parti depuis plusieurs minutes. L'entrée était déserte. Daniel pensa faire signe à un membre du personnel, mais aucun ne traversa la salle à cet instant. François Mitterrand a oublié son chapeau. La phrase prenait corps dans son esprit. C'est le chapeau de Mitterrand. Il est là, à côté de toi. C'est le témoignage de la réalité de cette soirée, la preuve absolue qu'elle a bien eu lieu. Daniel se tourna à nouveau vers le chapeau, soigneusement posé entre le cuivre et le miroir. Derrière le feutre noir, toute la salle se reflétait. Au lieu de faire appeler le maître d'hôtel pour lui dire d'un air entendu : Je crois que mon voisin a oublié son chapeau, et obtenir des remerciements obséquieux, une pulsion irrationnelle le saisit. Il eut l'impression de se dédoubler et qu'un autre Daniel Mercier, debout au milieu de la salle, était le témoin attentif du geste simple et irréversible qui allait se produire dans les secondes à venir. Devenu son propre spectateur, Daniel se vit lever la main vers la barre de cuivre, saisir le bord en feutre du chapeau noir, le soulever délicatement puis le faire glisser vers le velours rouge afin de le cacher sur ses genoux. Ce geste qui ne prit tout au plus que trois secondes et demie lui parut d'une lenteur inouïe et lorsque le son de la salle lui revint, ce fut comme s'il émergeait d'une très longue apnée. Son sang lui battait les tempes et son cœur tambourinait dans sa poitrine. Si quelqu'un vient le réclamer maintenant ? songea-t-il en proie à une brève panique. Un garde du corps ? Le Président en personne ? Que faire, que dire ? Comment expliquer la soudaine présence du chapeau sur mes genoux ? pensa Daniel.

Il venait de commettre un vol. La dernière fois qu'il avait volé quelque chose remontait à sa plus tendre adolescence, dans une galerie marchande de Courbevoie, il s'était laissé entraîner par un ami après la sortie de l'école. Ils avaient volé *Aline*, le quarante-cinq tours de Christophe, le chanteur. Depuis cette fin d'après-midi 1965, rien à signaler. Le geste qu'il venait de commettre était infiniment plus grave que de subtiliser un vinyle dans un super-marché. Daniel était immobile, ses yeux glissaient sur les clients. Non, personne ne l'avait vu faire, il en était sûr. De ce côté-là, rien à craindre, mais il était impératif de partir avant qu'un événement imprévu n'ait lieu, que le Président ne fasse appeler le res-taurant à la recherche de son chapeau, que les gar-çons s'affairent autour de sa table sous le regard courroucé du maître d'hôtel. Daniel demanda l'addi-tion. Par carte bancaire, précisa-t-il. Le garçon revint avec la machine, Daniel regarda à peine le montant, plus rien n'avait d'importance. Il tapa son code et l'appareil émit un crissement en sortant son ticket. Il fouilla ses poches afin de laisser un pourboire dans l'assiette en métal argenté, le garçon inclina la tête en signe de reconnaissance et s'éloi-gna. Maintenant, se dit Daniel. Il se versa un verre d'eau car la salive lui manquait, l'avala d'un trait, puis souleva délicatement la nappe et se coiffa du chef présidentiel. Oui, il lui allait parfaitement. Il enfila son manteau et avança vers la sortie avec le sentiment que ses jambes allaient se dérober sous lui. Le maître d'hôtel allait l'arrêter : « Pardonnez-moi, monsieur... s'il vous plaît ! Ce chapeau, mon-sieur... » Rien de tout cela n'eut lieu. Daniel avait laissé quinze francs de pourboire et les garçons baissaient la tête sur son passage, même le maître d'hôtel se fendit d'un sourire qui fit se relever sa fine moustache. On lui tint la porte et il sortit dans le froid du dehors, releva son col et marcha vers sa voiture. Le chapeau de Mitterrand est sur ma tête, se dit-il. Une fois installé dans le véhicule, Daniel inclina le rétroviseur intérieur et se contempla en silence, longuement, avec le chapeau sur la tête. Il lui sembla que son cerveau entier baignait dans une aspirine rafraîchissante, les bulles d'oxygène titillaient des zones engourdies depuis bien longtemps. Il tourna la clef de contact et démarra doucement dans la nuit.

Il roula longtemps dans les rues, fit plusieurs fois le tour de son quartier avant de se ranger au cinquième sous-sol de son parking. Il aurait pu rouler longtemps comme ça, sans penser à rien. Un sentiment de confiance qui possédait la douceur d'un bain chaud l'avait envahi. Dans le living désert, il s'assit dans le canapé et regarda son reflet à contrejour dans l'écran gris de la télévision éteinte ; il y vit la silhouette d'un homme assis portant un chapeau et qui opinait lentement du chef. Il resta ainsi une bonne heure, à contempler son image, tout son être empreint d'une sérénité quasi mystique. Ce n'est qu'à deux heures du matin qu'il écouta le message laissé par sa femme. Tout allait bien en Normandie, Véronique et Jérôme seraient de retour le lendemain au train de 21 h 45 gare Saint-Lazare. Il se déshabilla, le dernier atour qu'il retira fut le chapeau, le long de la gaine en cuir noir Daniel découvrit avec émerveillement deux lettres imprimées au fer d'or : F. M.

Dans le récit de sa soirée, il ne s'était accordé qu'une légère modification : le plateau de fruits de mer ne contenait plus que vingt-quatre huîtres, un demi-tourteau et des bigorneaux. Il savait que s'il entrait dans le détail de son fabuleux dîner, Véronique aurait risqué de se concentrer uniquement sur le coût d'un tel repas. Des phrases telles que : « Eh bien, tu te soignes lorsque nous ne sommes pas là » ; ou encore : « Comme ça, tu t'organises des festins tout seul ! » auraient parasité la narration de son aventure. Relatée par Daniel, l'arrivée du chef de l'État avait pris un tour biblique et la phrase des huîtres au vinaigre – « Je l'ai dit à Helmut Kohl, la semaine dernière… » – résonnait comme un commandement divin énoncé des profondeurs caverneuses du Ciel.

Je suis quand même choquée. — Choquée de quoi ? dit Daniel. — Que tu aies volé le chapeau, ça ne te ressemble pas. — Je ne l'ai pas complètement volé, objecta-t-il, contrarié par cette observation qu'il s'était bien évidemment faite, lui aussi. Disons plutôt que je ne l'ai pas rendu. L'argument sembla faire mouche. Il finit par convaincre Véronique qu'il avait en définitive bien fait de conserver le chapeau, car le maître d'hôtel à moustache l'aurait peut-être gardé pour lui ou pire encore, s'il ne s'était aperçu de rien, un autre client aurait pu

s'en emparer sans savoir qui en était l'illustre propriétaire. La collation nocturne avalée et Jérôme
couché, ils retournèrent au salon, Véronique se saisit doucement du feutre, puis elle le caressa du bout
des doigts, comme prise d'une mélancolie. Elle
regrettait que Daniel ne se soit pas aperçu plus tôt
que François Mitterrand l'avait oublié, il aurait pu
héler le Président et le lui remettre avec un sourire.
Cela aurait créé une connivence entre vous, dit-elle
à regret. — Oui, mais il était déjà loin, lui fit remarquer Daniel qui préférait malgré tout la vraie ver-
sion de l'histoire, celle où il se retrouvait désormais
coiffé du couvre-chef présidentiel.

Je ne partage pas du tout votre point de vue, monsieur Maltard, dit Daniel en secouant la tête. Il effleura le chapeau qu'il avait posé devant lui sur la grande table de réunion. Jean Maltard et les dix autres membres du service financier convoqués à la réunion de onze heures le regardèrent avec stupeur. Daniel laissa s'écouler quelques instants de silence, un sourire hiératique sur les lèvres, puis il s'entendit réfuter point par point les arguments avancés par le nouveau directeur du service financier. Avec une confiance inouïe, il se vit avancer dans les strates de la diplomatie avec l'aisance d'un dauphin brisant les vagues. Lorsqu'il eut fini son exposé, un grand silence se fit. Bernard Falgou le regardait, la bouche entrouverte. Michèle Carnavan esquissa une petite toux, puis, devant la lâcheté de ses collègues masculins, se lança : Je crois que Daniel a parfaitement résumé nos préoccupations. — Brillamment, reprit aussitôt Bernard Falgou, comme en proie à un minuscule électrochoc. Maltard regardait Daniel impassible. Monsieur Mercier, vous êtes un stratège, lança-t-il, glacial.

Jean-Bernard Desmoine, le chef des secteurs financiers, qui s'était spécialement déplacé pour cette petite conférence de mise au point sur les nouveaux objectifs du département Paris-Nord de la Sogetec, n'avait pas quitté Daniel des yeux tout le temps de son intervention. À peine avait-il griffonné quelques notes quand celui-ci avait expliqué avec limpidité, chiffres à l'appui, qu'on ne pouvait décemment pas scinder le département financier en trois mais tout au plus en deux pôles distincts. Je vous remercie tous de votre participation, dit Jean-Bernard Desmoine, vous pouvez regagner vos postes. J'aimerais vous parler, monsieur Maltard. Ce dernier acquiesça avec un faux sourire soumis puis leva la tête vers Daniel. Seul Bernard Falgou perçut le regard de haine froide que le nouveau responsable lançait à son adjoint. Sitôt sorti de la pièce de réunion, Falgou prit le bras de Daniel. Tu l'as tué, tu as tué Maltard ! lui dit-il. — Mais non, mais non... plaida Daniel dans un battement de paupières. — Mais si ! renchérit Françoise, il va dégager, c'est sûr. C'est ça que va lui annoncer Desmoine, tu as détruit tous ses arguments. Tous faisaient cercle autour de lui, surexcités qu'ils étaient de découvrir en la personne de leur collègue une force tranquille qui avait su défendre leurs intérêts mieux que ne l'aurait fait le plus radical des syndicalistes ou le meilleur ténor du barreau. Ils lui parlaient de son calme, de son assurance, et de cette façon incroyable qu'il avait eue de sortir quelques vacheries avec le plus grand tact. — C'est vraiment la classe, conclut Michèle Carnavan.

De retour dans son bureau, Daniel s'installa dans son fauteuil pivotant, caressa son chapeau, qu'il avait posé devant lui, et profita du calme de la pièce. Il ferma les yeux. À aucun moment ces sourdes bouffées d'angoisse qu'il connaissait depuis sa plus tendre enfance ne s'étaient manifestées. Bien au contraire, il avait ressenti un calme apaisant. Il y avait de cela quelques jours, l'idée d'une confrontation avec Jean Maltard aurait fait monter sa tension, et des aigreurs d'estomac seraient apparues dès la dernière bouchée du déjeuner avalée. Tout l'après-midi, tendu comme une arbalète, il aurait repassé en boucle dans son esprit le film de leur dialogue, se fustigeant de l'emploi d'une tournure de phrase maladroite, de tel mot ou de tel point sur lequel il aurait à coup sûr perdu la main face à Maltard. Daniel serait ressorti exsangue d'une telle journée. Rien de tel à la minute présente. Il se sentait bien, comme on peut l'être en bord de mer à marcher le long du sable une fin d'après-midi d'été. Cette situation nouvelle ne le surprenait pas plus que cela. C'était comme si le vrai Daniel Mercier était enfin apparu au grand jour. Le précédent n'était qu'un prototype inabouti, une sorte de brouillon. Il remonta le store à lamelles de son bureau afin que le soleil de l'hiver y pénètre largement, puis se replongea dans les dossiers de la Sogetec.

Dix-neuf heures avaient sonné depuis un petit moment quand Jean Maltard, sans avoir toqué auparavant, poussa la porte vitrée de son adjoint. Vous ne rentrez pas chez vous ? lui demanda-t-il sèchement. Vous faites des heures supplémentaires, elles ne vous seront pas payées. Daniel le regarda, impassible. — Je finis le dossier Sofrem et je rentre chez moi. — Vous le finirez demain, coupa Maltard, la journée est terminée, tout le service est parti, faites de même. Sans un mot, Daniel reboucha son stylo Parker gravé à ses initiales, cadeau de sa femme pour leur cinquième anniversaire de mariage. Il se leva, éteignit son ordinateur et son écran de minitel, et se couvrit de son feutre. Un chapeau donne à celui qui le porte une autorité sur celui qui n'en porte pas, songea-t-il. De fait, Jean

Maltard paraissait soudainement bien plus petit. Il semblait même rapetisser à vue d'œil. Un insecte qui aurait pu rétrécir jusqu'à arriver à hauteur des poils de la moquette, bourdonnant de rage de tous ses élytres ; Daniel n'aurait plus eu qu'à poser sa semelle dessus. — Ça ne va pas se passer comme ça ! dit soudainement Maltard. Vous attendez que Desmoine vous appelle, c'est ça ? ajouta-t-il dans un sourire venimeux. — Mais il m'a déjà appelé... Cette phrase produisit sur Maltard comme une petite commotion. Il s'arrêta de parler et fixa Daniel. Desmoine vous a appelé ? prononça-t-il en détachant chaque mot. — Oui, répondit sobrement Daniel en enfilant son manteau. — Que voulait-il ? demanda Maltard. — Petit-déjeuner avec moi. Vendredi. — Petit-déjeuner avec vous, dit Maltard dans un souffle, comme s'il s'agissait d'une formule cabalistique qu'il ne fallait pas prononcer trop haut sous peine de déclencher des catastrophes. — Oui, c'est ce qu'il m'a dit. Daniel se pencha vers sa mallette pour y glisser un dossier. Il y eut un long silence puis il referma les attaches, le claquement métallique donnant le signal du départ. Tous deux descendirent par l'ascenseur sans prononcer une parole, et se séparèrent devant l'entrée sans se serrer la main. Maltard regarda Daniel s'éloigner sur le trottoir, puis il entra dans le premier café et commanda un double rhum. La silhouette de son adjoint avec son manteau et son chapeau noir allait le hanter une bonne partie de la nuit.

La secrétaire apporta les croissants et les œufs qui étaient comme coiffés de petits bonnets de sport d'hiver. Daniel supposa que l'accessoire brodé au crochet avait pour but de garder la coquille à température constante. Il faudrait qu'il en touche un mot à Véronique. Jean-Bernard Desmoine lui faisait face, tous deux s'étaient installés dans de larges fauteuils en cuir blanc près de la fenêtre du dix-huitième étage de la Sogetec qui donnait sur Paris. Cette hauteur procurait assurément un sentiment de supériorité à celui qui y possédait un bureau. Commençons, annonça Desmoine en retirant d'un coup sec le bonnet de son œuf. Je suis très à cheval sur leur cuisson, ajouta-t-il dans un sourire. C'était donc bien ça, songea Daniel, qui se rappela aussi qu'on ne doit pas casser le haut de son œuf au couteau, comme il avait coutume de le faire à la maison, mais à l'aide d'une cuillère. Il retira le bonnet et attaqua la coquille. — Daniel, je ne vais pas y aller par quatre chemins. Votre analyse sur la situation du département financier m'a fortement impressionné. Daniel tenta de répondre de manière aussi humble que possible, mais il n'eut pas le temps : Ne dites rien, fit Desmoine, pas de fausse modestie, pas de compliments de marquis entre nous, café ? Le directeur lui servit une tasse. Si on lui avait déclaré, il y a quelques jours encore, que Desmoine en personne lui servirait son café, à lui qui avait pour habitude d'attendre la tombée d'un gobelet en plastique à la machine du septième étage... Desmoine trempa la pointe d'un croissant dans le sien et c'est en le mâchant qu'il annonça à Daniel son avenir mieux qu'un voyant aurait pu le faire : Voilà, je connais bien les hommes, affirma-t-il avec l'assurance de ceux qui possèdent leurs bureaux dans les étages élevés d'une tour, les hommes et l'entreprise, ajouta-t-il rêveur, les surprises sont rares dans nos métiers, on juge un individu sur sa première année, après il y a évolution ou non, mais pas de surprise, vous me suivez ? La bouche pleine, Daniel hocha la tête pour indiquer qu'il suivait. Desmoine lui versa d'autorité une nouvelle tasse, le café c'est important, ajouta-t-il, Balzac en buvait des litres, vous avez lu Balzac, bien sûr. — Bien sûr, approuva Daniel qui n'avait jamais lu Balzac. — Vous êtes vraiment un garçon plein de ressources, pourquoi n'occupez-vous pas un poste plus important à la Sogetec ? Vous devez occuper une fonction en rapport avec vos qualités. — Une fonction, murmura Daniel, vous voulez dire que... — Maltard est un con, le coupa Desmoine, c'est une évidence, mais pour des motifs qui ne vous regardent pas et qui à moi ne me plaisent guère, je suis obligé de garder Maltard. En revanche, je souhaite vous nommer directeur financier. Daniel le regarda, son croissant en suspens au-dessus de sa tasse. Daniel, je vous propose de prendre la direction d'un département financier de la Sogetec en province. Je sais que vous êtes à Paris, mais c'est la seule offre que je puisse vous faire. Pierre Marcoussi, qui occupait ce poste à Rouen, part pour raisons de santé, ce n'est pas encore officiel. Vous commenceriez en janvier.

Le chapeau. Lui seul était responsable des derniers événements qui bouleversaient son existence. Daniel en était persuadé. Depuis qu'il le portait, sa seule présence l'immunisait contre les tourments de la vie quotidienne. Mieux encore, il aiguisait son esprit et le poussait à prendre des décisions capitales. Sans lui, jamais il n'aurait osé parler à Maltard comme il l'avait fait à la réunion. Jamais il ne se serait retrouvé au dix-huitième étage à partager des œufs à la coque avec Desmoine. Il le sentait obscurément, quelque chose du Président était resté dans ce chapeau, sous une forme immatérielle, peut-être de l'ordre de la microparticule, mais cette chose portait en elle le souffle du destin. Merci, murmura Daniel, s'adressant autant au chapeau qu'à son supérieur hiérarchique. — Alors, vous acceptez ? demanda Desmoine en avalant la dernière bouchée de son croissant. — J'accepte, répondit Daniel en le regardant droit dans les yeux. — À la bonne heure, fit l'autre en lui tendant la main. Puis il se pencha vers un œuf dépourvu de bonnet. Celui-là, vous ne l'avez pas, dit-il dans un sourire. Puis il en tapota le haut du manche de sa cuillère jusqu'à y faire un petit trou, répéta l'opération à la base, puis pencha la tête pour le gober. Tous les matins, un œuf cru. C'est mon petit plaisir... s'excusa presque Jean-Bernard Desmoine.

Moins d'un mois plus tard, Daniel, Véronique et Jérôme se retrouvaient sur le quai de la gare Saint-Lazare, pour cette fois attendre l'arrivée du train 06781 à destination du Havre, premier arrêt Rouen. Les cinq valises étaient pleines à craquer, les meubles suivaient par camion aux bons soins des Déménageurs bretons. Daniel, son chapeau noir vissé sur la tête, regardait au plus loin des rails, guettant l'arrivée des wagons qui les emmèneraient dans ce nouvel ailleurs. Véronique lui serrait le bras avec émotion et Jérôme boudait car il ne reverrait pas ses petits camarades d'école.

Durant tout le trajet, Daniel s'était remémoré ses années parisiennes au troisième étage de la Sogetec. En cadeau de départ, ses collègues lui avaient offert un abonnement d'un an à Canal +. Il était vrai que depuis deux ans, l'arrivée de la chaîne « à péage » avait bouleversé les conversations du bureau. Au service comptable, Daniel avait pu percevoir l'importance soudaine qu'avait prise « Canal ». Désormais, c'était un « must », comme disait Florence, la chargée de communication. Bernard Falgou et Michèle Carnavan ne juraient plus que par des émissions que Daniel ne percevait qu'en brouillé. Devant la machine à café, les discussions tournaient autour de longs-métrages sortis à peine un an plus tôt dans les salles. Ceux qui avaient Canal + pouvaient en parler, les autres se contentaient d'écouter, dans un silence pesant. Tu ne l'as pas regardé ? demandait la secte abonnée au décodeur. — Je n'ai pas Canal +... La réponse tombait comme un aveu d'impuissance, une sorte de fatalité pénible. Désormais Daniel aurait Canal +. Il avait reçu la lettre de bienvenue de la chaîne, titrée au slogan « Canal +, c'est plus », qui se félicitait de le compter parmi ses nouveaux clients. Il n'aurait qu'à se rendre chez l'un de leurs revendeurs agréés à Rouen, présenter sa lettre et son matricule d'abonné, on lui remettrait le fameux décodeur. À partir de maintenant, autour de la machine à café, Daniel pourrait parler à ses nouveaux collègues des émissions de la veille ou du film de 20 h 30. Peut-être même se réserverait-il le plaisir de lâcher à certains : Vous n'avez pas Canal ? Vous devriez...

D'après ce qu'on lui avait dit, le nouvel appartement possédait deux pièces de plus que celui du XVe arrondissement qui les avait hébergés durant douze années. Le propriétaire avait protesté devant un départ aussi brusque, tout comme la directrice de l'école de Jérôme. À chaque fois, Daniel avait énoncé cette phrase : *Je regrette, mais il y a des circonstances dans la vie...* prenant soin de la laisser en suspens. Cette béance absorbait tel un trou noir toutes les objections qu'aurait pu formuler l'interlocuteur. Que dire à un homme qui doit plier son existence à un changement aussi mystérieux qu'impératif ? Rien, bien sûr.

Arrivé dans la capitale de la Normandie, Daniel indiqua au taxi l'adresse en centre-ville. Ce n'est qu'après un quart d'heure en voiture que Véronique se tourna vers lui. Elle le regarda avec ce froncement de sourcils qu'aimait tant son mari. Dis-moi...

et ton chapeau ? fit-elle. Le temps se suspendit pour Daniel. Un long frisson glacé le parcourut, comme si un spectre venait de lui passer à travers le corps. Il revit avec une précision surréelle le chapeau posé dans le filet à bagages du train. Le filet d'en face, pas celui où ils avaient posé leurs propres bagages. Le chapeau dans le filet. Son chapeau. Le chapeau de Mitterrand. Dans la précipitation de la descente, encore peu habitué à se couvrir d'un feutre, il l'avait oublié. Daniel venait de commettre la même erreur que le chef de l'État. Demi-tour, murmura-t-il d'une voix blanche, demi-tour, vite ! hurla-t-il dans l'habitacle du taxi. La Peugeot 305 fit demi-tour, accéléra vers la gare. Daniel s'en échappa en courant. Rien n'y fit. Le train était reparti. Personne n'avait déposé de chapeau à la consigne de la gare de Rouen. Des jours, des semaines, des mois, Daniel appela les objets trouvés de la SNCF. Quand il finit par connaître par cœur le numéro, il se dit que jamais plus il ne reverrait le chapeau de Mitterrand.

Le soir même, Fanny Marquant entrait dans le train du Havre à destination de Paris Saint-Lazare et posait sa valise dans le filet au-dessus de la place 88. Juste en face d'elle, un jeune homme à cheveux longs et lunettes mercurisées, walkman sur les oreilles, occupait la place 86. Son blouson de cuir portait des badges à l'effigie de chanteurs ébouriffés et blondis, eux-mêmes habillés de cuir noir. Dans le grésillement des écouteurs recouverts de mousse orange, Fanny distinguait le refrain du tube du groupe Europe, *The Final Countdown*. Personnellement, Fanny préférait de loin une nouvelle chanteuse nommée Mylène Farmer. Les paroles et l'univers de cette jeune femme rousse aux yeux inquiets lui parlaient bien davantage que les solos de guitares électriques des grands chevelus oxygénés du hard-rock. On sentait que Mylène Farmer était cultivée, qu'elle avait lu Edgar Poe et Baudelaire, ce qui n'était pas pour déplaire à Fanny, qui aimait elle aussi lire et écrire.

Elle sortit de son sac un cahier Clairefontaine à couverture rose contenant les trois premières pages d'un texte sobrement intitulé *Édouard*. Le prix Balbec de la nouvelle offrait une somme de trois mille francs au lauréat et la publication de son texte dans le supplément local d'*Ouest-France*. Il serait remis en mars au *Grand Hôtel* de Cabourg. Depuis toujours, Fanny écrivait, d'abord son journal intime dans des petits carnets cadenassés, puis des textes qu'elle avait longtemps gardés pour elle, jusqu'au jour où elle avait osé en envoyer un à un concours de nouvelles. *Le Bouquet de fleurs* avait gagné, le prix n'était pas doté, mais Fanny avait ressenti une fierté et une reconnaissance qu'elle n'avait jamais éprouvées jusque-là. *Changement d'adresse* avait obtenu le troisième prix d'un autre concours local, et *Un après-midi au port* avait eu l'honneur d'une lecture publique lors du festival de théâtre du Havre. Cette année, le thème du prix Balbec était : « Une histoire vécue », Fanny tentait donc d'écrire pour la postérité sa rencontre avec Édouard. Secrétaire à l'hôtel des impôts du Havre, Fanny entretenait une liaison avec Édouard Lanier, depuis maintenant deux ans, cinq mois et deux semaines. Édouard Lanier était cadre chez Chambourcy à Paris, la célèbre marque de yaourts qui envahissait les espaces publicitaires des rues et du petit écran. Édouard était aussi marié et père de famille. Au début de leur aventure, il avait eu l'imprudence de dire : « Je t'aime, je vais quitter ma femme... » Bouffée délirante d'un homme encore jeune qui croyait dans la tiédeur de l'amour pouvoir contrôler sa vie à sa guise. Conscient de la brèche vertigineuse qu'il venait d'ouvrir dans leur relation, Édouard expliquait désormais qu'il lui fallait du temps. C'était son grand argument : « Il me faut du temps... il faut me laisser du temps... j'ai besoin de temps... » Toutes les variantes y passèrent. Durant les deux années qui venaient de s'écouler, Édouard était devenu plus obsédé par cette donnée que le plus exigeant des horlogers suisses. Ce fameux temps qu'il lui fallait pour parler à sa femme, pour lui faire comprendre, pour qu'elle admette qu'il allait refaire sa vie, empoisonnait leur liaison pourtant si délicieuse à ses débuts.

Désormais, dans la chambre d'hôtel du quartier des Batignolles où ils se retrouvaient un, voire deux soirs par mois, Édouard, leurs ébats achevés, composait son nœud de cravate à la lumière des volets fermés, prenait un air douloureux, attendant la question timidement posée par Fanny : Tu as parlé à ta femme ? Son visage se figeait, un soupir à peine audible glissait dans l'air de la chambre : Tu sais, il me faut du temps, lâchait-il en secouant la tête.

Pourtant Fanny continuait d'aimer Édouard. Elle l'avait aimé à la seconde où il avait posé son attaché-case dans le compartiment du train Le Havre-Paris. Grand, mince, avec les cheveux poivre et sel et une fossette au menton, il correspondait en tout point aux critères physiques qui faisaient chavirer Fanny. Celle-ci n'avait pas manqué de remarquer son alliance à la main gauche, mais plus encore la disparition de cette dernière quelques instants plus tard. Il restait la marque sur le doigt, un petit cercle autour de l'annulaire qui s'était effacé durant la distance qui séparait la Normandie de la capitale. La chute d'un magazine sur le sol, Édouard se penchant pour le ramasser et le lui tendre avec un sourire, avait scellé le début d'une torride liaison. Il suffisait à Fanny de fermer les yeux pour revoir ce court instant qui avait changé le cours de son existence. On aurait dit le spot d'une publicité pour un parfum masculin : l'homme entre dans le train, une jolie femme est assise dans le wagon, elle lit un magazine, le train démarre, elle laisse échapper son journal, l'homme se penche et le ramasse, leurs regards deviennent intenses, les effluves virils mêlés au parfum arrivent jusqu'à elle. La femme se pâme. La vie lui avait réservé un de ces instants kitsch que l'on ne voyait que sur les écrans des télévisions et dans certaines séquences des comédies romantiques américaines. Depuis, Fanny connaissait par cœur le trajet Le Havre-Paris, avec quelques variantes comme Rouen ou Trouville, où ils s'étaient parfois retrouvés le temps de brèves étreintes. Une moyenne de quarante-cinq trajets par an, toujours payés par Édouard, excluant les vacances de Pâques, d'été et d'hiver que bien sûr il passait loin d'elle, en famille. À vingt-sept ans, Fanny avait accédé au statut de maîtresse. La promotion éventuelle au statut de femme officielle restait en suspens, tout comme celle qui la verrait secrétaire de direction à l'hôtel des impôts. Concernant celle-là, son dossier était en cours, on le « considérait attentivement ». Le dossier de sa vie en était au même stade, Édouard, lui aussi, le « considérait attentivement », avec une inertie voisine de celle de la fonction publique.

La situation te convient très bien comme ça, tu ne quitteras jamais ta femme, je le sais, lui avait-elle dit un jour de colère. — C'est faux, avait-il rétorqué, je t'aime et je ne passerai pas ma vie avec ma femme, je ne le pourrai pas. Je ne fais plus l'amour avec elle. Il n'y a plus rien entre nous. — En ce cas, quitte-la ! Édouard avait secoué la tête d'un air accablé avant de prononcer sa phrase fétiche : Il faut me laisser du temps. Fanny s'était laissée retomber dans les oreillers avant de fixer le plafond de la chambre d'hôtel. On ne peut rien faire avec toi, avait-elle songé plus d'une fois en le regardant, notre passé se résume à une rencontre dans un train, notre présent à une chambre d'hôtel et il n'y a pas d'avenir. Fanny avait raison. On ne pouvait guère faire plus que l'amour avec Édouard. Il était impossible de se promener dans la rue main dans la main et de courir les magasins en sa compagnie. La seule fois où ils avaient passé un week-end entier à Trouville, Édouard s'était persuadé que toutes ses connaissances allaient, comme par hasard, se matérialiser dans la rue à ce moment-là. Un collègue de bureau, un de ses amis, pis encore : une amie de sa femme qui pourrait se trouver en villégiature dans le petit port normand. Si quelqu'un les voyait, que se passerait-il ? Il en était de même pour le restaurant. Jamais ils n'avaient dépassé le quartier réduit des Batignolles où Édouard ne connaissait personne. Mais, là aussi, l'idée qu'une connaissance puisse entrer pour dîner dans le même établissement qu'eux le faisait se retourner dès que la porte d'entrée s'ouvrait.

Lors de leurs rencontres parisiennes, Édouard racontait à sa femme qu'il était en déplacement en province ou à l'étranger. Pour cela il devait bien se renseigner sur les horaires de trains, les éventuelles grèves de compagnies aériennes ou les événements festifs et locaux qu'il ne pouvait ignorer, étant censé s'être trouvé sur place. Fanny comprenait que cette organisation lui pesait ; elle, n'avait de comptes à rendre à personne. Personne ne l'attendait chez elle que son écran de minitel, sur lequel ils se donnaient des rendez-vous et, parfois, s'envoyaient des messages durant la nuit. À croire que le terminal avait été inventé pour les amants illégitimes.

Il était impossible de téléphoner à Édouard à son domicile, difficile de le joindre à son bureau, alors tous deux se retrouvaient sur le 3615 Aline. Leurs pseudonymes apparaissaient quelques fois dans le mois, parmi la liste des connectés, en colonnes scintillantes à gauche de l'écran noir. Édouard était « Alpha75 » et Fanny « Choupette ». Lorsque Édouard voyait une plage de libre dans son mois, il envoyait un message à Choupette qui le récupérait dans sa BAL (boîte à lettres). *Serai libre du 22 au 23 et toi ? Je serai là, même endroit*, répondait Choupette. Plus rarement, il leur arrivait de se retrouver la nuit sur le serveur. Édouard se relevait du lit conjugal avec des ruses de Sioux pour ne pas faire grincer les lattes du plancher, allumait l'écran, attendait le sifflement de la connexion et retrouvait Choupette à l'heure dite. Ils s'échangeaient des mots d'amour et des promesses. « Vous avez reçu un message » s'affichait en haut de l'écran. Parfois, il ne s'agissait pas d'Alpha 75 et Choupette lisait quelques propositions obscènes auxquelles elle ne donnait pas suite. De son côté, Alpha75 recevait parfois des messages d'hommes qui lui demandaient s'il était libre ce soir et s'il cherchait un plan réel ou juste du dialogue. Le romantisme se frayait un chemin dans les arcanes balbutiants des connexions électroniques.

Elle s'était définitivement engluée dans le tiède quotidien d'une liaison où on ne voit l'être aimé que quelques fois dans le mois, le temps d'une étreinte. Elle aurait voulu avoir le courage de rompre avec Édouard à leur prochaine rencontre, mais ne le trouvait pas. Ce n'était pas la première fois qu'elle éprouvait ce sentiment de désarroi mêlé de lâcheté. Si rien ne changeait dans leurs rapports, tout cela pouvait durer encore des années. Ne trouvant décidément rien à écrire dans son cahier rose, Fanny reboucha son stylo et s'assoupit. Deux heures plus tard, elle ouvrit les yeux sur le compartiment. Elle arrivait à Paris et la pluie tombait de plus en plus dru sur la vitre. Elle soupira, car elle n'avait pas de parapluie, quand son regard tomba sur un chapeau noir dans le filet du wagon. Elle regarda autour d'elle. Ils n'étaient plus que cinq voyageurs dans ce train du soir, tous très éloignés de sa place. Le feutre ne pouvait appartenir à aucun d'entre eux. Fanny se leva tandis que le train actionnait ses freins, elle attrapa le chapeau et le posa sur sa tête. Elle contempla son reflet dans la vitre obscurcie par la nuit. Le chapeau lui allait, et il serait parfait pour la protéger de la pluie.

[...] plus habiles tricoteuses. [...] plus le fait de Kyloé, lui avaient coûté presque un quart de son salaire mensuel, il suffisait de les enfiler et de nouer les petites ficelles pour qu'aussitôt elle se mette plus grande, plus droite, plus saine. Sa démarche en

Le bord en feutre noir créait comme une visière qui resserrait l'espace autour d'elle, le délimitait sur une ligne d'horizon désormais précise. Dans les Batignolles, un homme se retourna sur elle. Avec sa minijupe en jean, ses escarpins, son blouson argenté et son chapeau noir, quelle image renvoyait-elle sous la lumière de la lune ? Celle d'une fille des années 1980, à la mode, libre et sexy, voire facile... Elle regarda sa silhouette au détour d'une glace dans la vitrine d'un magasin de prêt-à-porter. Ce chapeau donnait une noblesse inhabituelle à la découpe de son visage, pour qu'il tienne correcte-ment elle avait relevé ses cheveux en chignon. Peut-être devrait-elle les porter ainsi, à partir de main-tenant, et constamment sortir avec un chapeau d'homme en feutre noir. Il lui sembla que le port de cet accessoire lui donnait un nouveau pouvoir, à la manière de ces vêtements de marque qu'elle s'offrait si rarement. Il en était ainsi pour sa jupe Saint Laurent et ses escarpins Rykiel. Il lui suffisait de porter la jupe griffée YSL pour se sentir aussitôt plus belle et séduisante. Pareil pour les chaussures Rykiel, qui lui avaient coûté presque un quart de son salaire mensuel : il suffisait de les enfiler et de nouer les petites brides pour qu'aussitôt elle se sente plus grande, plus droite, plus stable. Sa démarche en était transformée, elle avançait avec assurance, et elle seule connaissait le pouvoir secret des escarpins Rykiel. La pluie avait cessé, Fanny retira le chapeau. Sur la bande de cuir intérieure, elle déchiffra deux lettres au fer d'or. F. M. Se pouvait-il que le destin soit avec elle à ce point ? C'étaient ses propres initiales que venait de lire Fanny Marquant. Alors toi... Je ne te lâche pas, mais alors pas du tout, murmura-t-elle en caressant le feutre, puis elle remonta à nouveau ses cheveux en chignon, posa le chapeau et repartit dans la rue, d'un pas plus assuré encore.

Les Batignolles étaient déserts, seules quelques vagues silhouettes se découpaient au loin pour se fondre dans la pénombre d'un immeuble. L'hôtel n'était plus très loin et Édouard l'attendait dans la chambre. Il devait sûrement regarder la télévision ou bien lire *Le Monde* allongé sur le lit. En traversant le hall, Fanny passa devant le concierge de la réception. Il lui fit un signe de tête accompagné d'un sourire entendu. Fanny détestait cet homme qui savait tout de sa liaison. Avec ses sourires lubriques et ses hochements de tête, elle l'imaginait bien rôder dans les couloirs la nuit tombée, l'oreille aux aguets, guettant les soupirs des amants qui n'avaient que le petit hôtel où se retrouver. Elle entama la montée des marches, traînant son sac de voyage derrière elle, persuadée qu'il regardait ses jambes. Deuxième étage, chambre 26. Arrivée à la porte, elle perçut le bruit de la télévision. Une discussion agitée, où les voix se recouvraient dans une joyeuse polémique. C'était sûrement *Droit de réponse*, Édouard suivait souvent cette émission. Sur le plateau, tout le monde fumait, criait, s'indignait, à chaque fois le débat paraissait tourner au pugilat sous le regard amusé de Michel Polac qui tirait sur sa pipe en plissant les paupières d'un air vicieux. Fanny toqua au moment où le générique de la semaine en dessins se lançait : Siné, Plantu, Wolinski et Cabu avaient fait des dessins pour illustrer l'actualité. L'actrice Monique Tarbès, de sa voix gouailleuse, commentait le tout en concluant régulièrement par un « À la semaine prochaine ! » comme on en entend sur les marchés aux légumes. Entre, c'est ouvert. Allongé sur le lit en chemise et pantalon, Édouard se redressa dans les oreillers et suivit Fanny des yeux : Qu'est-ce que c'est que ce chapeau ? — Bonsoir, d'abord, répondit-elle en se penchant pour lui déposer un baiser. Édouard l'embrassa tendrement, en passant sa main le long de son cou, caresse qu'appréciait particulièrement Fanny. Il s'apprêtait à remonter vers ses cheveux et faire basculer le chapeau quand elle se recula. Ne touche pas à mon chapeau. — *Ton* chapeau ? fit-il en insistant avec ironie sur le possessif, d'où sort-il d'abord ? — C'est un secret, mais c'est effectivement mon chapeau. Dans la télévision, un homme, cigare au bec, assenait des vérités premières qui faisaient bondir un second, petit et chauve, prenant à témoin Michel Polac, lequel paraissait une fois de plus ravi de voir son émission déraper. C'est un chapeau d'homme, observa Édouard. Puis il se leva et alla baisser le volume de la télévision. — Et après ? dit Fanny en le réajustant sur ses cheveux. — Donc, c'est un homme qui te l'a offert, reprit Édouard en la fixant. Fanny eut un curieux sourire. — Tu es jaloux ? — Peut-être, tu viens à notre chambre avec le cadeau d'un autre...

L'atmosphère avait soudain changé. Fanny regarda Édouard avec attention. Elle aimait son corps, ses mains, elle aimait son visage et sa voix, ses cheveux. Depuis deux ans et demi, elle aimait tout cela. Elle avait été jalouse de cette femme fantôme qu'elle n'avait jamais vue et qui l'empêchait de faire sa vie avec Édouard. Lui n'était jamais jaloux, or ce soir ce sentiment paraissait glisser sur son visage. Jusqu'où pourrait-elle pousser ce petit jeu du chapeau trouvé dont Édouard venait de se persuader qu'il était le cadeau d'un autre ? Mais jusqu'au bout, pensa-t-elle dans un éclair de lucidité qui la surprit elle-même. Le chapeau de feutre était devenu en quelques instants le support qu'elle attendait depuis longtemps. La lâcheté qui l'empêchait de parler à Édouard, et peut-être même de rompre avec lui, venait de s'évanouir. Maintenant elle comprenait mieux la démarche de Michel Polac, pousser le bouchon loin, jusqu'à ce que cela explose, et regarder les ravages avec satisfaction. Fanny éprouva un curieux frisson, une sorte de peur jouissive. Elle se recula dans la chambre, s'assit d'une fesse sur la table et pencha la tête sans quitter Édouard des yeux. Elle allait sauter dans le vide et la sensation était délicieuse, meilleure que n'importe quelle position pouvant la mener à l'orgasme. Oui, ce chapeau est un cadeau, dit-elle avec douceur.

Qui est-ce ? La question ouvrit un abîme pour Fanny. — Un homme, s'entendit-elle répondre. Un homme que j'ai rencontré dans le train. — Comme moi ? Édouard se drapa dans sa superbe au propre comme au figuré puisqu'il remonta instinctivement le drap blanc sur son torse. — Oui, comme toi. — Quel âge a-t-il ? C'est un chapeau de vieux !, s'exclama Édouard d'une voix trop forte pour cette heure tardive de la nuit (bien que personne ne dît mot derrière les cloisons endormies des Batignolles). — Il est plus âgé que toi, c'est vrai, commença Fanny, les yeux dans le vague, mais cela importe peu. Il est beau, pas comme toi, d'une autre beauté, il est prévenant et élégant, il m'aime et il

veut vivre avec moi. Je lui ai emprunté son chapeau, c'est un jeu entre nous, je le porte dans les
rues du Havre, il m'est même arrivé une fois de le
mettre quand il me fait l'amour, je l'ai posé sur
ma tête et je suis venue sur lui... Édouard la regardait, pétrifié. — Alors il m'en a acheté un, similaire
au sien, rien que pour moi, il y a fait graver mes
initiales et me l'a offert pour que je pense à lui.
Fanny retira son chapeau et l'envoya d'un mouvement souple vers Édouard qui le retourna pour y
lire les initiales au fer d'or. Comme tu n'abandon-
neras jamais ta femme et que je ne serai jamais que
la fille de l'hôtel et des week-ends, je vais te quitter,
Édouard. Comme dans la chanson, *je suis venu te
dire que je m'en vais*. Les mots étaient sortis avec
le plus grand calme et pourtant Fanny se sentait
sonnée. Édouard respira profondément, sans la
quitter des yeux, il hésitait entre plusieurs réactions,
mais Fanny paraissait si déterminée que le choix
était réduit. Il avait perdu. Il l'avait perdue. — Très
bien, dit-il d'un air mauvais, ce n'était pas la peine
de me faire perdre un week-end pour cela et de me
faire venir ici. Tu n'avais qu'à me l'annoncer par
minitel. Il se leva du lit et attrapa son pantalon.
Fanny le regardait comme si elle se trouvait très
loin, comme si Édouard n'était qu'une silhouette
tout au bout d'une plage, qui s'agitait dans le soleil.
Il enfila son pantalon, boutonna sa chemise avec
rage, s'embrouillant dans les petits boutons de
nacre. — Attendre minuit et demi pour me dire ça...
grommela-t-il en lui jetant des regards haineux. Tu
veux me quitter, mais c'est moi qui m'en vais !
clama-t-il avant de chercher ses mocassins en bas
du lit. C'était comme si le plancher de la chambre
était en feu, que la pièce entière allait s'embraser.
Malgré sa fureur, il se surprenait à ressentir au plus
profond de lui un soulagement. Les questions sur

sa femme allaient enfin cesser. Cesseraient aussi ses réponses laconiques sur le temps qu'il fallait lui laisser. Il était fatigué de servir cet argument oiseux à Fanny. Oui, cette rupture, même s'il était plaqué, lui enlevait un poids. Lâchement et tandis qu'il enfilait sa veste, il devait en convenir : il était à la fois mortifié et soulagé. Peut-être était-ce cela, le plus douloureux.

Tu ne cherches même pas à me retenir ? — Non, répondit Édouard, le souffle court. Non, tu me trompes, tu me quittes, je m'en vais. Il referma le bracelet métallique de sa montre à quartz Kelton et se planta devant Fanny : Adieu, fit-il sèchement, tu peux garder la chambre jusqu'à demain midi. Puis il se saisit de son sac de voyage. — Où vas-tu aller ? demanda-t-elle avec douceur, bien que la réponse lui importât peu. — À Lyon, peut-être, c'est là que je suis censé être, répondit-il en ouvrant la porte avant de la claquer. Fanny s'appuya contre la table, écouta les pas d'Édouard disparaître dans le couloir de l'hôtel, puis ferma les yeux. La tête lui tournait un peu. Très lentement, elle retira son blouson, puis sa jupe, son soutien-gorge et ses escarpins, enfin sa petite culotte, et dans la salle de bains, elle se contempla, nue, avec le chapeau sur la tête. De son sac de voyage, elle sortit son flacon de parfum, *Solstice*, et en vaporisa les oreillers pour effacer l'odeur d'Édouard. Elle retira le chapeau, le posa sur le lit, puis éteignit la lumière. Elle se glissa dans les draps et ferma les yeux. Le chapeau, disposé à ses côtés sur la couverture, prenait la lumière de la lune. Fanny passa une main sur le feutre doux, avant de basculer dans le sommeil.

Le soleil d'hiver traversa les voilages de la chambre, créant des taches de lumière sur les seins de Fanny, qui entrouvrit les yeux. Les événements lui revinrent doucement, par bribes, à l'inverse des songes qui s'éloignent dès le réveil : Édouard sous les draps qui l'écoutait, Édouard se levant brusquement, Édouard regardant les initiales dans le chapeau, puis le bruit de la porte qui claque et aussi : « Ce n'était pas la peine de me faire perdre un week-end pour cela. » Puis les pas d'Édouard dans le couloir. C'était donc fini. Ce n'était pas un rêve, c'était vraiment fini. Jamais plus Fanny ne retournerait dans la chambre des Batignolles, jamais plus ils ne se fixeraient de nouveaux rendez-vous clandestins dans Paris ou dans un port normand, jamais plus elle ne se relèverait la nuit pour allumer le minitel à la recherche d'Alpha 75 sur la liste des connectés du 3615 Aline. C'était fini. Comment pouvait-on disparaître aussi facilement de la vie de quelqu'un ? Peut-être avec la même facilité, en définitive, qu'on y entrait. Un hasard, des mots échangés et c'est le début d'une relation. Un hasard, des mots échangés, et c'est la fin de cette même relation. Avant, néant. Après, le vide. Que restait-il d'Édouard ? Rien. Même pas un cadeau, si dérisoire fût-il, devant lequel chercher l'émotion qui l'aurait fait chavirer.

Non, pas un briquet, pas un porte-clefs, pas un foulard, encore moins une photo d'eux, ou une lettre avec son écriture. Rien. Elle resta longtemps allongée, les taches de soleil lui chauffant les seins et le ventre, puis elle tourna la tête vers la gauche. Posé sur le drap, le chapeau n'avait pas bougé. Il lui revint qu'on ne doit pas les poser sur les lits, une superstition idiote, comme celle des échelles ou des chats noirs. Fanny ne croyait pas à ce genre de balivernes. Tout ça pour un chapeau, se dit-elle. Qui était donc F. M. ? S'il pouvait se douter que son feutre a déclenché autant d'événements... Elle tenta de mettre un visage sur l'homme qu'elle avait inventé hier soir, cet amant magnifique qui lui avait offert un chapeau semblable au sien en y faisant graver les initiales de Fanny Marquant en guise d'hommage amoureux. Aucun des hommes qu'elle avait connus n'aurait fait un tel geste, n'aurait eu une telle élégance, un tel panache. Était-il grand, mince, de taille moyenne, avait-il les cheveux bruns, blonds ou gris ? Aucun visage ne traversa son esprit. Elle avait menti comme elle ne l'avait pas fait depuis longtemps et le mensonge avait fonctionné. À aucun moment, Édouard ne s'était relevé en déclarant : Je ne te crois pas ! Tu mens. Non. L'idée que Fanny lui racontait des histoires ne lui avait même pas traversé l'esprit. D'ailleurs, il n'avait jamais lu aucune de ses nouvelles, songea-t-elle, lorsque le sujet du concours lui revint à l'esprit : « Une histoire vécue ». L'histoire avec Édouard s'était achevée. À cause d'un chapeau. C'était cela qu'il fallait raconter.

Depuis qu'elle s'était installée à la table du petit café de la place Félix-Lobligeois, sa plume avait couru sans relâche. Elle remplissait les pages du cahier rose de son écriture ronde, avec des petites planètes sur les *i*. Le texte racontait sa rupture avec Édouard, le quiproquo du chapeau et les différents sentiments qui l'habitaient : soulagement, angoisse, tristesse, nostalgie. Parvenue presque à la fin, elle écrivit : *Ce chapeau ne me servait plus, il avait joué son rôle, et bien qu'il possédât mes initiales, je décidai de le laisser quelque part dans la ville.* Laisser le chapeau ? Fanny mordilla le bout de son stylo. L'idée lui parut romantique. L'abandonner à Paris avant de reprendre son train permettrait de coller à la réalité jusqu'au bout, peut-être même que ce petit sacrifice lui porterait chance. En plein doute, elle leva les yeux de sa feuille pour voir une bohémienne et sa fille s'approcher d'elle. Fanny leur fit un sourire et tourna doucement la tête. Je ne veux rien, dit-elle. — Je suis voyante, je vais te dire ton avenir à toi, lui annonça la femme brune aux cheveux noués en chignon sous un foulard rouge. Elle avait un tatouage entre les yeux et une ligne sous la lèvre inférieure. — Non, je ne veux pas, répéta Fanny dans un nouveau sourire, vraiment pas, puis elle posa les yeux sur l'enfant qui la fixait étrangement.

— Si, je vais te dire. Fanny secoua la tête et retira ses mains. La femme posa la sienne, brune et parcheminée, sur le chapeau puis la releva aussitôt comme si le feutre était brûlant. Il n'est pas à toi, ce chapeau. Son regard avait changé, elle paraissait presque avoir peur. Elle fit flotter sa main juste au-dessus. C'est le chapeau d'un homme, il est très puissant, dit-elle en se signant. — Hé ! là, faut pas ennuyer les clients ! cria le serveur à barbiche grise. — Non, laissez, lui dit Fanny. — Ah, non, y a pas de laissez, jolie demoiselle, ici c'est ma terrasse et je ne veux pas de ça. — Qui est cet homme ? reprit Fanny. — Tu le connais, tout le monde il le connaît. — Non, répondit Fanny, vous vous trompez, je ne le connais pas. — Si, tu le connais. — Alors dites-moi son nom. — Donne-moi argent, donne-moi vingt francs. — Non, je n'ai pas vingt francs pour ça. — Donne-moi quinze. — Non, je regrette. — On laisse la demoiselle ! Les bohémiennes s'éloignèrent devant le serveur qui approchait en faisant claquer son torchon comme s'il cherchait à éloigner des chats. — Elles racontent n'importe quoi, et après le client n'a plus son portefeuille, ça m'a fait le coup la semaine passée, maugréa-t-il. Fanny regarda la femme et sa fillette disparaître à l'angle de la rue. Tu le connais. C'était idiot, comment pourrait-on connaître le propriétaire d'un chapeau qu'on a trouvé ? Il ne fallait pas se laisser distraire et venir à bout de ce texte, il était la conclusion de deux années et demie d'histoire. Si elle décrochait le prix Balbec de la nouvelle, ce serait la plus belle récompense donnée à son amour malheureux.

Une heure et quart plus tard, Fanny commençait à douter que des événements intéressants arrivent dans les parcs publics. Ses pas l'avaient menée bien au-delà des Batignolles, à hauteur du boulevard de

Courcelles, devant les grilles du parc Monceau. Elle était entrée, croisant la faune des parcs, essentiellement constituée d'enfants et de personnes âgées. Devant l'allée centrale et l'enfilade des bancs, l'idée lui était venue d'y déposer le chapeau. Le quatrième banc de l'allée était vide, elle y laissa son bien et prit discrètement place en face pour observer ce qui allait se passer. Personne ne l'avait vue faire, il suffisait d'attendre. Mais depuis, aucun promeneur ne s'était arrêté ou n'avait même jeté un regard à ce feutre, noir et seul. Elle finissait par ne plus être très sûre de son geste poétique, après tout le chapeau était à elle, il possédait même ses initiales, et qu'importait, à bien y réfléchir, que la fin du texte fût vraie ou non ? Alors qu'elle allait se lever pour le reprendre, un homme barbu, vêtu d'un jean et d'une canadienne, s'arrêta devant le banc. Il sembla hésiter, puis s'assit. Il portait des lunettes rondes à monture noire et devait avoir une soixantaine d'années. Il tourna la tête vers le chapeau et le regarda comme s'il s'agissait d'un animal silencieux dont la présence ne s'expliquait pas. Il tendit la main vers le feutre, le retourna. Ensuite, étrangement, il le porta à son nez et parut le respirer un instant. Il eut un sourire et regarda sa montre, puis se leva, se retourna sur le chapeau, hésita, tendit vivement la main vers lui et l'emporta. Fanny le suivit des yeux. Il tenait le couvre-chef à la main, sans le poser sur sa tête. Il disparut à l'entrée du parc.

Fanny sortit son stylo plume et écrivit : *L'homme à la barbe grise emportait le chapeau. Qui était-il ? Je ne le saurai jamais.* Puis elle fut prise d'une immense fatigue. Ce n'est peut-être qu'à cet instant qu'elle réalisa qu'elle avait vraiment quitté Édouard. Après un court vertige qu'elle n'eut pas la force de consigner dans sa nouvelle, Fanny se leva du banc et emprunta le même chemin que l'homme qui avait emporté le feutre. Elle franchit les grilles de fer forgé et s'arrêta sur le trottoir. Il est très puissant, avait dit la bohémienne en se signant. Tu le connais, tout le monde il le connaît. Fanny ne pouvait détacher son regard de la une du *Nouvel Observateur* placardée en grand sur le kiosque à journaux : on y voyait François Mitterrand, écharpe rouge autour du cou, manteau sombre et chapeau de feutre noir sur la tête. Il fixait l'objectif avec malice, pourtant Fanny avait la nette impression que c'était sur elle que se portait le regard du Président.

Citron de Sicile, bergamote, mandarine verte, tangerine, cyprès, basilic, baie de genièvre, cumin, bois de santal, musc blanc, ylang-ylang, patchouli, ambre et vanille. *L'Eau d'Hadrien*, création 1981 d'Annick Goutal, avait analysé Pierre Aslan. Mais il y avait aussi un autre parfum sur ce chapeau, arrivé plus récemment : bergamote, rose jasmin, opopanax, vanille, iris et fève tonka. Pierre aurait pu réciter les ingrédients du second parfum dans l'ordre et le désordre. C'était ceux de *Solstice*, le parfum mythique. Son parfum. À lui, Pierre Aslan, le nez.

Il aurait été bien incapable de dire pourquoi il avait ramassé ce chapeau. Cela faisait un bout de temps qu'il ne cherchait plus à expliquer les comportements bizarres qui le plongeaient le plus souvent dans un profond désarroi. Il le porta à nouveau à ses narines : il y avait bien deux parfums, *L'Eau d'Hadrien*, pour homme, et *Solstice*, pour femme. *L'Eau d'Hadrien* était profondément ancrée dans les fibres du feutre, *Solstice* venait à peine de s'y substituer. Pierre Aslan, qui n'avait rien créé depuis maintenant huit ans, ne se trouvait pas dans le parc Monceau par hasard. Il avait l'habitude de s'y promener seul un petit quart d'heure par semaine depuis cinq ans. Chaque fois qu'il se rendait chez le docteur Fremenberg, son psychanalyste. Depuis cinq ans, Pierre lâchait six cents francs par semaine pour un résultat consternant. Dans moins de dix minutes, l'une de ces séances silencieuses allait débuter. Fremenberg ne parlait quasiment jamais, en freudien convaincu il pratiquait *l'attention flottante*, technique d'écoute qui donne souvent au patient l'impression que son analyste pense à autre chose, voire même qu'il s'est endormi.

La séance avait débuté depuis dix minutes. Pierre, allongé sur le divan Napoléon III en velours vert, fixait comme à son habitude le fétiche africain dans la niche à gauche de la fenêtre. La statue de bois sombre présentait un homme au visage allongé, semblable à celui du *Cri* de Munch, dont le corps anormalement petit était agrémenté d'un sexe dressé. L'ombre du spot la faisait d'ailleurs paraître plus grande sur le mur de la niche. Fremenberg aimait l'art premier, les statuettes, les fétiches et les cannes. Son bureau était pourvu d'une bonne dizaine de ces bois sculptés par des peuplades aux rituels magiques et inquiétants venus du fond des âges. Les socles modernes en tiges d'acier brossé ou plexiglas noir les présentaient tels des trophées. Pierre avait toujours trouvé ces objets, sortis de leur contexte, parfaitement horrifiants. Ce n'était pas tant les œuvres en elles-mêmes, mais plutôt le fait de les voir exhibées ainsi dans le cadre bourgeois d'un appartement haussmannien de la rue Rembrandt qui les rendait hostiles. Elles paraissaient en souffrance et par là même porteuses de mille malédictions. Éric, son fils, qui ne s'intéressait guère qu'au skate-board et au Top 50, aurait trouvé cela « flippant ». Il aurait eu bien raison, songea Pierre, lorsque Fremenberg se racla brièvement la gorge avant de laisser retomber le silence.

Lorsqu'il avait commencé ces rendez-vous immobiles, Pierre avait fait l'effort de se livrer. Tu es là

66

pour lui parler... avait dit sa femme. Raconte-toi, raconte ce qui ne va pas. Alors Pierre avait raconté. Des histoires de parfums qui ne fonctionnaient pas, des « notes » qui n'arrivaient pas à se définir, particulièrement celle qu'il nommait « la note de l'ange » en référence à « la part des anges » – ces quelques décilitres d'une ancienne bouteille de vin ou de cognac qui, bien que personne ne l'ait ouverte, se sont évaporés à travers le bouchon, parfois même la cire. Pour Pierre, la note de l'ange était ce que l'on pouvait identifier en respirant un parfum, qui pourtant n'entrait pas dans sa composition. Nulle part l'ingrédient n'était répertorié. Il existait sans être là. Un silence de caveau avait accueilli ses confidences. Désappointé par le manque d'intérêt que suscitait, pour une fois, sa profession, Aslan tenta une autre approche : parler de sa vie de couple. Il commença par évoquer sa femme, Esther Kerwitcz, célèbre pianiste, spécialiste de Bach, qui parcourait le monde de dates de concert en dates de concert. Le visage et les yeux verts d'Esther Kerwitcz s'affichaient dans des magazines allant bien au-delà de la presse spécialisée. On pouvait les contempler dans *Elle*, *Vogue*, *Le Figaro Madame*, *Vanity Fair* et même *Égoïste*, dans lequel Herb Ritts l'avait immortalisée les mains jointes devant son clavier. Ces confessions reçurent le même silence poisseux. Les semaines suivantes, il parla de sa petite enfance et de sa découverte des senteurs dans le potager de son grand-père qui possédait un mas dans le midi de la France. L'odeur poivrée de la feuille de tomate frottée, celle, moelleuse et enveloppante, de la menthe n'éveillèrent pas davantage la curiosité du praticien. Lorsqu'il avait évoqué son fils Éric et les soucis qu'il se faisait pour son avenir, Fremenberg n'avait pas non plus daigné réagir.

En trois mois et demi, il n'avait pas entendu le son de la voix de son analyste, celui-ci se contentant d'accueillir le patient par un serrement de main des plus discrets et un hochement de tête muet. Aucune parole, ni bonjour ni bonsoir. En fin de séance, le billet de cinq cents francs et son congénère de cent provoquaient une petite ride sévère entre les yeux de Fremenberg, comme s'il s'agissait là d'un rituel pénible qu'il fallait bien accepter. Un jour, Aslan se rendit à contrecœur à sa séance, et s'étendit sur le divan en grimaçant : Je vous préviens j'ai très mal dormi, commença-t-il. Le silence du cabinet fut brisé par une voix grave : Un rêve peut-être ?... Et il sembla à Pierre que la question aurait pu être formulée par un maître d'hôtel qui lui aurait proposé un dessert, avec cette pointe de déférence et d'autorité qui engage celui à qui l'on s'adresse à s'exécuter dans les plus brefs délais.

Pierre raconta le rêve qui l'avait indisposé dans son sommeil, une histoire de plantes carnivores qui sortaient du piano de sa femme et rampaient dans l'appartement jusqu'à l'orgue à parfums. Leurs tiges et leurs feuilles bousculaient tous les précieux flacons jusqu'à faire tomber l'un d'eux sur le sol. Il se brisait, mais Pierre ne sentait aucune odeur. Il ramassait les éclats et les portait à son nez. Rien. Il ouvrait alors les flacons pour s'apercevoir que tous ne contenaient que de l'eau. La plante carnivore se mettait à saigner et se ratatinait sur le sol. Pierre était pris d'une angoisse démesurée : il fallait sauver cette plante sinon l'appartement entier allait prendre feu. Il s'était réveillé aux premiers crépitements des flammes derrière la porte de son bureau. La description du songe achevée, il s'était retourné vers Fremenberg qui terminait de prendre des notes sur un carnet avec un Mont Blanc Meisterstück. Son visage paraissait tout lisse et il souriait presque.

Cela faisait longtemps que Pierre n'avait pas fait plaisir à ce point à quelqu'un, et son moral s'en ressentit le soir même. Tu vois, Fremenberg est spécial, tout le monde me l'a dit, mais c'est un très grand thérapeute, il va t'aider, tu es mieux, je te trouve mieux, lui avait dit Esther. Oui, ce soir-là, Pierre était mieux.

il avait créé ses parfums puis l'imaginant à table. Il avait déçu. Déçu ses commanditaires, qui ne retrouvaient pas le « génie » du créateur de Sol..., d'Alba ou de Siena. D'un sa femme, qui se retrouvait avec un homme flegmatique traînant

Quelques semaines plus tard, les longues séances de silence avaient repris. Pierre n'avait pas rêvé. Il se sentait coupable de décevoir ainsi son analyste. Allongé sur le divan, il percevait dans son dos la présence réprobatrice de Fremenberg. Ce retour à la case départ le plongea dans un désarroi plus grand encore. « Décevoir » était le pire verbe de la langue française, et Pierre se persuadait que sa seule existence en était l'illustration physique. Lui, l'espoir incandescent du parfum français, celui qui entre dix-neuf et quarante-quatre ans avait brûlé toutes les étapes. D'un stage de laborantin, il était passé « nez » en moins de trois ans, stupéfiant ses pairs par l'audace de ses mélanges et sa mémoire ency- clopédique des senteurs. Capable de reconnaître et d'inventorier plus de dix mille odeurs, allant jusqu'à inventer un nouveau langage pour les nommer, un véritable espéranto personnel : kérakac, désignant la senteur du bois brûlé mouillé, varvine, celle du rocher de calcaire chauffé sous le soleil, pergaz, celle des algues échouées sur les plages au crépuscule... Il avait créé sept parfums, puis l'imagination s'était flétrie. Il avait déçu. Déçu ses commanditaires, qui ne retrouvaient pas le « génie » du créateur de *Solstice*, d'*Alba* ou de *Sheraz*. Déçu sa femme, qui se retrouvait avec un homme fantomatique traînant son errance dans l'appartement entre la chambre et le salon. Enfin et surtout, Pierre s'était déçu lui-même. C'est une crise de talent, avaient diagnostiqué les marques qui autrefois le payaient des fortunes pour se pencher sur un porte-mouillettes, ça va revenir. Mais ce n'était pas revenu. Après huit ans sans rien créer, personne ne se faisait plus d'illusions, Pierre Aslan avait été. Il n'était plus.

De temps à autre, pour continuer d'entretenir de bons rapports avec son analyste, Pierre inventait un rêve. Il n'avait aucun souvenir des nuits précédant son rendez-vous, mais trouvait une histoire bien abracadabrante à servir à Fremenberg. La dernière fois qu'il lui avait fait le coup, il avait inventé une chauve-souris mauve qui volait dans la cave et se cognait contre des sacs de toile de jute remplis de pétales de roses pourris. Fremenberg avait apprécié. Plus rarement, dans quelques fantasmes brefs, il s'était vu gifler l'analyste ou l'assommer avec un de ses fétiches obscènes. Cette fois, rien ne lui venait depuis qu'il s'était allongé sur le divan. Il avait posé le chapeau sur ses cuisses et le caressait doucement pour passer le temps. Ce mouvement répété de ses doigts sur le feutre lui suggéra une image sortie de son enfance : Aladin qui frottait sa lampe de laiton pour voir apparaître le bon génie lui proposant d'exaucer ses vœux. Peut-être bien que cette pensée liée à un chapeau trouvé dans un parc intéresserait Fremenberg. Il décida pourtant de ne pas lui en faire part.

Sur le chemin du retour, Pierre passa devant le banc, il hésita. Peut-être devrait-il y reposer le chapeau ? Son propriétaire pouvait revenir dans l'espoir de retrouver son bien. Une jeune femme qui poussait un landau s'arrêta, vérifia que le nouveau-né dormait profondément, s'assit et ouvrit *Télé-Poche* dont la couverture s'ornait d'un portrait kitsch de Joan Collins. Il était désormais difficile de s'approcher du banc, y déposer le feutre et partir en silence sans passer pour un dérangé, voire un maniaque fétichiste. Aborder la jeune femme – qui devait sûrement être une jeune fille au pair, peut-être même étrangère – et lui raconter l'histoire de ce chapeau ramassé une heure plus tôt qui revenait sur son banc lui parut insurmontable. Non, décidément, il valait mieux le garder, du moins pour l'instant. Pierre regarda à nouveau l'intérieur et les deux lettres d'or qui cette fois lui évoquèrent la fréquence modulée – curieuse association qui peut-être éveillerait la curiosité de Fremenberg – puis il le posa sur sa tête et d'un geste lent lissa le bord noir entre le pouce et l'index. Il y avait longtemps que la pulpe de ses doigts n'avait glissé ainsi sur l'épaisseur d'un feutre, dessinant le temps du geste une ligne imaginaire devant ses yeux.

Aslan s'éloigna en songeant à son tout premier chapeau, un feutre gris à bords courts acheté chez

Harrod's en 1967. L'acquisition de ce couvre-chef avait été l'occasion d'un vif échange avec Tony Curtis. L'acteur venait de le reposer parmi les autres lorsque Aslan s'en était emparé pour l'essayer à son tour. Tony Curtis avait protesté, déclaré qu'il souhaitait l'acquérir, mais Aslan avait été intraitable : ce chapeau était seul sur la table, si le comédien le voulait, il aurait dû le garder en main. La scène s'était déroulée sous le regard angoissé du chef de rayon qui, se confondant en excuses auprès de la star, ne savait pas comment réparer l'incident – il n'y avait plus qu'un exemplaire dudit chapeau dans tout le magasin. L'accrochage avait tourné à la farce quand Curtis et Aslan se l'étaient passé l'un l'autre devant un miroir afin de trancher à qui il allait le mieux. « *It's you, definitely!* », avait coupé le comédien qui, dans un geste magnanime, lui avait offert le galure. Aslan, qui ne voulait pas rester en dette, avait filé aux rayons « *Scent and beauty* » acheter le parfum qu'il avait identifié sur l'acteur et le lui avait offert. « *As the saying goes in French* : Nous sommes quittes ? » lui avait-il dit en soulevant son chapeau en signe d'adieu. Bien des années plus tard, il avait croisé l'acteur lors d'un gala à Los Angeles. *You've forgotten your hat, mister the nose...* avait dit une voix derrière lui, et tous deux s'étaient rappelé la scène d'*Harrod's* avec plaisir. À cette époque, Aslan sortait, des photos en témoignaient. Il portait le smoking avec un bouton de rose à la boutonnière et Esther des robes longues. Que restait-il de ces élégances ? Rien. Il s'était laissé pousser la barbe voilà six ans, la taillait tous les trois mois, et, à la place de ses complets anthracite impeccables, portait une vieille canadienne élimée que n'auraient pas reniée les jardiniers du parc. Au plus bas de sa dépression, il avait décidé de mettre de l'ordre dans ses vêtements. Ce fut radical. L'Armée du Salut hérita de complets, manteaux, vestes et chapeaux, usés pour certains, parfaitement portables pour d'autres. Le seul accessoire que Pierre aurait aimé garder était le chapeau dit « chapeau de Tony Curtis », mais il l'avait oublié dans un avion quelques années plus tôt.

Peut-être qu'il ne va pas avec la barbe. À trois heures du matin, il attrapa ses lunettes sur la table de nuit et sortit du lit sans éveiller Esther. Lorsqu'il était rentré de sa séance d'analyse, celle-ci jouait le premier mouvement de la *Toccata en do mineur* de Bach, reprenant un passage. Pierre avait traversé l'appartement en se guidant au son du Steinway. Il avait poussé la porte du salon pour la découvrir de dos, concentrée sur le clavier, les cheveux noués sur la tête. Le petit mouvement de Bach se répéta plusieurs fois, quatre ou cinq notes qui semblaient toujours les mêmes mais qui, pour elle, ne sonnaient pas correctement. Une question de toucher ou de durée, probablement une microseconde de décalage qui ne la satisfaisait pas. Leurs deux métiers avaient en commun cette exigence d'absolue perfection. Un détail infime se meut en précipice et l'on ne retrouvera la quiétude qu'en le surmontant. La répétition des notes pourrait durer quelques minutes comme l'après-midi tout entier. Un parfum pouvait se trouver en quelques semaines, comme au bout de plusieurs mois, voire plusieurs années de recherche. Ainsi, la composition de *Shalimar* tenait du hasard. Jacques Guerlain avait versé quelques gouttes de vanille de synthèse dans un flacon de *Jicky*, le temps d'un essai, et il avait créé *Shalimar*. Le *1 000* de

Patou, lui, nécessita des années de recherches et pas moins de mille essais qui lui donnèrent son nom. Esther serait bien capable de refaire son mouvement mille fois s'il le fallait. Il voulut rebrousser chemin pour la laisser travailler mais fit grincer une latte du parquet. Esther se retourna vers lui. Tu m'as fait peur... Qu'est-ce que c'est que ce chapeau ? — C'est un chapeau noir, avait répondu Pierre. — Ça, je le vois, où l'as-tu acheté ? — Dans la petite boutique de troc dégriffé, boulevard de Courcelles. — Je croyais qu'ils n'avaient que des vêtements féminins. — Moi aussi, mais il était en vitrine, c'était un dépôt. Pierre avait réfléchi vite, sa femme supportait déjà mal la vieille canadienne et le jean élimé Girbaud, se vêtir avec des accessoires trouvés aurait largement dépassé son seuil de tolérance. La boutique *Des marques et vous* était située sur le chemin qu'il empruntait à pied pour se rendre chez Fremenberg, il était tout à fait crédible qu'il ait un jour poussé la porte pour se faire montrer un chapeau d'homme en vitrine. Il y a longtemps que tu n'avais plus de chapeau, dit Esther en le regardant attentivement, il est bien, oui... mais (elle avait penché la tête et froncé les sourcils) peut-être qu'il ne va pas avec la barbe, ça te donne un air... — Quel air ? — Un air bizarre. Pierre s'était approché du miroir de la cheminée, ne s'y trouvant aucun air. Esther avait repris le passage de Bach, puis lui avait demandé comment s'était déroulée la séance avec Fremenberg. Bien, avait dit Pierre sans développer davantage. À cet instant, il lui avait semblé qu'il pourrait rester là toute sa vie, accoudé à la cheminée, un chapeau sur la tête, à contempler le reflet de sa femme qui jouait du Bach. La répétition des notes contribuait à créer un sentiment d'éternité rassurante. Tout recommencerait dans la même séquence ininterrompue, et la vie se loverait à jamais dans cette boucle incessante et parfaite.

Peut-être qu'il ne va pas avec la barbe. La lune filtrait à travers les voilages du salon, Pierre manqua de se cogner dans la table basse, mais se trouva bientôt guidé par la masse sombre du canapé. La porte franchie, il traversa le couloir, passa devant la chambre de son fils puis ouvrit la porte de la salle de bains et s'enferma. La lumière du néon clignota avant de se stabiliser. Il ferma douloureusement les yeux puis tourna l'interrupteur. Des bougies. Les bougies du placard à balais. Aveuglé par les néons encore imprimés sur sa rétine, il ressortit, se déplaçant à tâtons jusqu'au placard. Les bougies y étaient rangées dans un carton avec un briquet Bic en cas de panne de courant. Voilà, c'est beaucoup mieux, songea-t-il en allumant la première qu'il disposa sur le meuble lavabo. Une autre, puis une troisième. Il ouvrit un tiroir, en sortit des petits ciseaux dorés, s'approcha de la glace et prit sa joue entre le pouce et l'index. Des poils gris et noir tombèrent en fine pluie dans le lavabo. Vingt bonnes minutes plus tard, n'ayant plus que la longueur d'une barbe de cinq jours, il ouvrit le robinet et se passa de l'eau chaude sur le bas du visage. Sous le jet brûlant, il mouilla le blaireau et commença à frotter le bloc de savon à barbe par petits mouvements circulaires. La mousse blanche devint plus dense, jusqu'à former une crème qu'il s'appliqua en larges bandes. Les joues, le menton, la bouche et le cou, avant de faire réapparaître ses lèvres d'un coup de pouce. Il posa la lame à mi-oreille, juste sous la naissance de la patte, retint son souffle, et la fit glisser jusqu'à la base du cou. La peau apparut, nette et lisse. La mousse saupoudrée de gris et de noir se dissolvait dans le siphon. Pierre essuya le miroir qui commençait à se couvrir de buée, attaqua la joue gauche, puis la droite, le cou, la moustache et le menton, gonflant d'air la base de la lèvre inférieure pour les finitions. Il ne lui restait plus que quelques traits blancs sur le visage, de fines balafres de savon. Il se saisit d'une serviette, la passa sous l'eau brûlante, et plongea son visage dans le tissu-éponge. Il resta ainsi une bonne minute dans la chaleur humide, les yeux fermés, puis baissa doucement le linge pour se découvrir dans la glace. À la manière d'un ami qu'on a perdu de vue depuis longtemps et que l'on retrouve au hasard d'une rue, le miroir refléta une tête connue ; celle d'un homme qui ressemblait à Pierre Aslan.

Le soleil entrait dans le cabinet du praticien et faisait luire la patine des vieux masques disposés sur le mur blanc. Je me suis rasé, dit Pierre. Je me suis rasé et j'ai un chapeau, ajouta-t-il. Comme de coutume, seul le silence accueillit cette constatation. Si je n'avais pas mis une goutte d'opopanax, *Solstice* aurait été différent. Si je n'avais pas trouvé ce chapeau, je ne me serais pas rasé, dit-il à voix haute. Cela lui parut un raisonnement très puissant. Un de ces raisonnements mathématiques simples et brillants qui pouvaient en quelques phrases expliquer un pan entier de l'univers. Esther avait accueilli ce visage glabre en hochant la tête puis elle avait souri et les larmes lui étaient montées aux yeux. Pourquoi pleures-tu ? avait demandé Pierre en la prenant dans ses bras. — Pour rien, avait-elle reniflé, je suis heureuse, je te retrouve un peu.

Elle était partie quelques jours plus tard pour donner une série de concerts à New York, puis son fils avait bouclé sa valise pour aller faire du ski avec des amis aux Arcs. Pierre s'était retrouvé seul pour les derniers jours de l'année. Sa femme lui avait fait des recommandations comme s'il s'était agi d'un enfant. Veiller à bien se lever le matin – il y avait encore quelque temps, il était capable de dormir jusqu'à treize heures et de boire son café en robe de chambre devant le journal d'Yves Mourousi et Marie-Laure Augry. Ne pas hésiter à demander à Maria de lui préparer un plat qu'il aimait, un pot-au-feu par exemple, c'était de saison. Et surtout se rappeler sa séance du vendredi chez le docteur Fremenberg. Le grand appartement de l'avenue de Villiers était redevenu silencieux comme à chaque départ d'Esther en tournée, mais cette fois, Éric n'était pas là. Non pas qu'ils aient beaucoup à partager ; un homme de cinquante-deux ans n'a pas toujours quelque chose à dire à un garçon de quinze ans et vice versa. Dans quelques années, ils reparleraient ensemble, échangeraient sur des sujets divers, mais, pour l'instant, Éric arborait avec ses parents l'air taciturne des adolescents dont on suppose qu'ils s'amusent et rient avec de mystérieux amis qu'on ne voit jamais.

La gouvernante m'a dit que je faisais dix ans de moins, reprit Aslan dans le silence du divan. Ce qui veut dire que je fais quarante-deux ans, alors qu'avec ma barbe je faisais mon âge... Mais cela peut aussi vouloir dire qu'on me donnait la soixantaine avec. — C'est effectivement l'âge que je vous donnais, déclara Fremenberg. Les phrases du psychanalyste étaient si rares que chacune d'elles lui provoquait toujours un petit battement de cœur. Cette pulsion sanguine passée, il se tourna vers l'analyste. — Vous me donniez soixante ans ? lui demanda Pierre d'une voix blanche. Fremenberg le regarda sans réagir jusqu'à ce que Pierre détourne les yeux. Ils n'échangèrent plus aucun mot jusqu'à la fin de la séance.

Durant ces journées solitaires, Pierre conserva son rythme de convalescent, se levant vers dix heures du matin pour effectuer son rasage avec le plus grand soin. Ensuite venait l'heure du journal télévisé d'Yves Mourousi, puis le déjeuner préparé par Maria. La journée s'écoulait, entre la lecture des magazines et quelques promenades dans le quartier, avec des objectifs aussi divers que l'achat de piles pour la télécommande, d'ampoules de rechange pour les luminaires ou de semelles pour ses chaussures. La patronne de *Renovex*, la droguerie de la rue de Lévis, lui trouva meilleure mine et le lui dit – elle ajouta aussi que c'était une bonne idée d'avoir rasé sa barbe et que ce chapeau était très élégant. Ces compliments inattendus lui donnaient l'impression d'exister à nouveau dans le regard des autres. Il n'était plus tout à fait ce personnage passe-muraille et muet à qui personne n'adressait la parole. La subtile métamorphose avait commencé lorsqu'il s'était à nouveau coiffé d'un chapeau. Retrouvant un accessoire qui datait de sa splendeur, c'était comme si l'ancien Pierre Aslan faisait un signe à l'homme désabusé qu'il était devenu. Ce feutre était la seule chose dont Pierre fût entré en possession depuis longtemps, une chose qu'il avait en somme choisie, à moins que ce soit elle qui l'ait choisi. Posé sur son banc, il aurait pu être emmené par n'importe qui. Depuis combien de temps cet objet était-il là, d'ailleurs ? Même s'il ignorerait à jamais qui était le mystérieux F. M., propriétaire très officiel du feutre, il était sien désormais.

La seconde modification vestimentaire qu'entraîna l'apparition du chapeau dans son quotidien fut l'abandon de sa vieille canadienne. Un dimanche, après avoir suivi avec un intérêt qui le surprit lui-même un épisode de *Magnum*, Pierre se décida pour une promenade au parc. Cela briserait le schéma établi voulant qu'il n'aille au parc que le vendredi avant le rendez-vous avec Fremenberg. Il y régnait un froid sec qui annonçait la neige, Yves Mourousi avait d'ailleurs évoqué l'arrivée probable de celle-ci pour lundi. Les mains dans les poches et le chapeau sur la tête, il s'était promené dans le parc presque désert, ne croisant que quelques joggeurs congestionnés qui avançaient en groupe, les mâchoires serrées, walkman sur les oreilles. Il dépassait la piste à patins où des gamins téméraires faisaient la course et évitaient de glisser en se retenant à la rampe, lorsque kérakac – l'odeur du feu de bois – parvint à ses narines et le guida au-delà des accès autorisés au public. Une colonne de fumée montait de derrière un buisson.

Pierre s'approcha pour découvrir un jardinier qui brûlait des feuilles mortes et du bois sec, remuant le tout avec une fourche. Ce dernier jeta un œil à Pierre. C'est pas trop permis de venir là, dit-il. — Je suis désolé, c'était l'odeur du feu de bois. — Vous aussi vous aimez ? Ben, restez, alors, de toute façon, il n'y a personne aujourd'hui et demain, il neige. — Vous êtes sûr ? Le jardinier hocha la tête et plaqua sa main contre le bas de

son dos, je le sens, c'est mon meilleur baromètre !
Puis il attrapa d'un coup de fourche un peu de bois
mort et le jeta dans le feu. Les deux hommes
demeurèrent en contemplation devant le crépite-
ment et la colonne de fumée blanche qui montait
en larges volutes. — Je peux vous demander quelque
chose ? fit Pierre. — Dites toujours. — Pourrait-on
brûler ma canadienne dans ce feu ? — Pardon ? — Ma
canadienne, à votre avis, elle brûle ? — Pourquoi
que vous voulez brûler vos frusques ? — Parce
que... j'en ai besoin. Après avoir négocié un billet
de cinquante francs et vidé ses poches, Pierre
déposa sa canadienne sur le haut des branches. Il
songea à ce rite hindou qui veut qu'on brûle les
corps sur des bûchers jusqu'à ce qu'il n'en reste plus
que cendres. La fumée entoura le vêtement puis se
fit plus dense, le tissu fut traversé par les premiers
tisons et le feu surgit en son centre. Entre deux pel-
letées de feuilles mortes, le jardinier surveillait du
coin de l'œil son étrange visiteur. Pierre retira son
chapeau et le tint les mains jointes à hauteur de
ses genoux, observant avec recueillement le travail
des flammes sur le manteau qu'il portait depuis six
hivers.

De retour dans l'appartement, il avait ouvert le
placard de leur chambre à la recherche d'un complet noir Yves Saint Laurent mais il était introuvable
– sans doute l'avait-il donné avec les autres à
l'Armée du Salut. Il mit la main sur un autre costume, un Lanvin anthracite qui avait survécu au
grand ménage. Peut-être même était-ce Esther qui
l'avait conservé sans le lui dire. Une chemise
blanche qu'il n'avait pas enfilée depuis des années
se trouvait sur une étagère en hauteur. Dans le tiroir
d'une commode, il retrouva des boutons de manchette or et nacre. Pierre se déshabilla, jeta son jean

en boule dans le fauteuil de velours et enfila le pantalon du costume, la chemise puis la veste. L'opération des boutons de manchette dura une bonne minute. Dans le miroir en pied de la penderie, il se contempla, sans barbe, en complet sombre et chemise blanche. Le complet le serrait un peu à la taille mais c'était sans importance. Il referma la porte du placard, traversa l'appartement, se couvrit de son chapeau et ressortit.

En serait-il capable ? Cela faisait plusieurs années qu'il ne s'était pas livré à cet exercice. La dernière fois, au printemps 1982, il avait calculé son parcours de l'entrée des Tuileries jusqu'à l'arc de triomphe du Carrousel. La traversée complète du jardin d'est en ouest. Arrivé devant le Louvre, il s'était assis sur un banc du petit square, là où des années plus tard s'élèverait une pyramide de verre et d'acier. Je suis foutu, avait-il songé, il me manque plus du quart des parfums. Le défi qu'il se lançait à présent était imprévu mais il se sentait le courage de l'affronter : identifier les parfums de toutes celles et de tous ceux qu'il croiserait dans la rue. Pierre respira profondément puis ferma les yeux. Tel un hypnotisé que l'on ramène à la réalité, il compta à rebours : cinq, quatre, trois, deux... un, claqua des doigts puis ouvrit les yeux, lissa le bord du feutre et commença sa marche en ligne droite. L'exercice interdisait de s'arrêter ou de tourner la tête. Une femme brune venait vers lui, tailleur noir, cheveux au carré et lunettes Emmanuelle Khanh. Elle arriva à sa hauteur et le dépassa. Une, deux secondes ; le souffle d'air qui suit tout être en mouvement enveloppa Pierre ; *Fidji*, murmura-t-il. Sans rien modifier à son allure, il attendit que l'homme à la mallette passe à ses côtés. Il portait un complet à carreaux gris et les cheveux noués en catogan. Les deux secondes réglementaires précédèrent l'écho olfactif ; *Paco Rabanne* pour l'homme. Maintenant un groupe de trois femmes d'une trentaine d'années marchait vers lui. Dans les règles qu'il s'était lui-même fixées, il ne fallait ni s'arrêter ni se retourner sur le sujet, mais on pouvait lui couper le chemin. Oh pardon ! fit-il les obligeant à se séparer le temps de le laisser passer. Il effleura la brune aux cheveux mi-longs (*First* de Van Cleef & Arpels), la longue queue de cheval de son amie blonde caressa son veston (l'*Air du temps*), dépassa la troisième, la petite blonde aux cheveux courts qui venait de murmurer : Il est fou ce type (l'*Eau* de Rochas). Triplé gagnant, songea Pierre, quand déjà une jeune fille en jean et béret rouge arriva vers lui d'un pas pressé ; *Poison*. L'homme en pantalon de velours et veste de daim qui nettoyait ses lunettes tout en marchant croisa son chemin en diagonale ; aucun parfum. Juste un after-shave de type chèvrefeuille-mentholé, mêlé à une odeur de cigarette blonde. Au feu rouge, Pierre se retrouva aux côtés d'un joggeur qui gardait son rythme en faisant du surplace ; sueur mais aussi *Eau sauvage*. Le boulevard franchi, il croisa un couple d'une cinquantaine d'années – probablement des touristes – qui tentaient de se repérer sur un plan ; *Shalimar* pour la femme et l'odeur de la laque *Elnett* pour l'homme. Il vole la laque de sa femme pour se coiffer, conclut Pierre, mais il n'eut pas le temps de s'arrêter à ce détail que sa route croisait *Arpège* sur une femme à natte vêtue d'un tailleur-pantalon gris, puis *Habanita* sur une jeune fille blonde aux yeux bleus. Il y eut encore plusieurs *Poison*, un autre *Air du temps*, deux *Solstice*, puis *Lacoste* pour homme, *Montana* par Montana, *Quartz* de Molineux, *Anaïs Anaïs*, *Poivre* de Caron, *Saint*

Laurent Rive Gauche, *Sikkim* de Lancôme, *Joy* et un surprenant *Épilogue* de Coryse Salomé.

Arrivé à hauteur de la place Saint-Augustin, il s'assit sur un banc, retira ses lunettes et son chapeau. La tête lui tournait. Il avait réussi. Un garçon de café quitta sa terrasse et s'approcha de lui. Tout va bien, monsieur ? — *Drakkar noir*, Guy Laroche, lui répondit Pierre. La neige se mit à tomber, par flocons épars d'abord, puis les bourrasques se levèrent. Il rentra trempé, le chapeau couvert de poudre blanche. Il le tapota pour en faire tomber les cristaux et le posa sur le radiateur du salon.

Le 18 avril 1982, il avait posé son porte-mouillettes, rebouché les cinq derniers flacons qu'il avait ouverts, les avait remis à leurs places sur l'orgue à parfums. Il était sorti de la pièce, avait tourné la clef dans la serrure, puis l'avait jetée dans le premier tiroir de la commode avant de se saouler au Bowmore 67. C'était fini. Cette fermeture symbolique était censée clore vingt ans de créativité. Personne, jamais, n'aurait osé toucher à la clef, les consignes étaient claires : la porte ne devait plus être ouverte, le « bureau » était condamné. On ne l'ouvrirait sous aucun prétexte – pas même pour y passer l'aspirateur. Depuis quatre ans et huit mois, la porte était close. La pièce était devenue le tombeau de son génie, une chambre de Barbe-Bleue personnelle dans laquelle dormait l'orgue à parfums. Aslan avait dessiné lui-même ce meuble en demi-cercle, pourvu d'étagères à hauteurs variables sur lesquelles s'alignaient presque trois cents flacons d'essences. Le compagnon menuisier du faubourg Saint-Antoine avait mis près d'une année et demie à le réaliser en usant des bois les plus précieux. Un sculpteur avait créé la sirène qui l'ornait : la mythique femme à queue de poisson portait sa main gauche sur son cœur et dans l'autre tenait au-dessus de sa tête, en manière de couronne, le porte-mouillettes emblématique à trois branches. Elle était la signature d'Aslan, son blason, la muse dont il ornait ses enveloppes cachetées à la cire et son papier à lettres.

Il allait passer le 31 décembre seul. Esther et Éric avaient téléphoné plus tôt et ce soir Pierre vivait les dernières heures de l'année 1986 devant la télé qui repassait les événements qui avaient marqué les Français ces douze derniers mois : janvier, Thierry Sabine et Daniel Balavoine s'étaient tués dans le Paris-Dakar, la navette spatiale « Challenger » s'était désintégrée en direct quelques minutes après son décollage. Mars, Jacques Chirac avait pris ses fonctions de Premier ministre inaugurant la première cohabitation de l'histoire politique française, et une bombe avait explosé dans la galerie Point Show des Champs-Élysées, faisant deux morts et vingt-neuf blessés. Avril, un réacteur de la centrale nucléaire de Tchernobyl avait éclaté mais, grâce aux anticyclones, le nuage radioactif avait évité la France. Juin, Coluche était mort dans un accident de moto sur une petite route du Midi. Septembre, les attentats terroristes avaient endeuillé la capitale : la poste de l'Hôtel de Ville, le pub Renault, la préfecture de l'île de la Cité, la rue de Rennes. Novembre, Action directe avait assassiné Georges Besse, le patron de la régie Renault, à bout portant devant son domicile. Le même mois, Thierry Le Luron était mort. Et en ce 31 décembre, Marcel Carton, Marcel Fontaine, Jean-Paul Kauffmann et Jean-Louis Normandin, les otages français au Liban, n'avaient toujours pas été libérés.

Aslan déboucha dans un claquement le champagne Canard-Duchêne brut, fournisseur officieux des haut gradés de l'armée française, et se versa une flûte. Il la tendit à la télévision, prononçant comme à son habitude la formule de la cavalerie, celle qui faisait lever les yeux au ciel à Esther : « À nos femmes ! à nos chevaux ! et à ceux qui les montent ! » Tandis qu'il avalait la première gorgée pétillante, l'image présenta la cour éclairée de l'Élysée, dans la nuit, sur un fond de musique classique : « Les vœux de François Mitterrand, Président de la République » s'inscrivit sur l'écran en lettres jaunes puis l'image s'effaça dans un joli fondu et le chef de l'État apparut, assis à son bureau devant les dorures du palais de l'Élysée, un drapeau français dans le fond, un très bel encrier doré en premier plan. « Mes chers compatriotes, je remercie la tradition qui me vaut pour la sixième fois de vous souhaiter la bonne année – à ce moment la caméra effectua un lent zoom vers le Président – et d'adresser, en votre nom, un signe d'amitié à ceux qui vivent dans la peine : pauvreté, chômage, maladie, solitude, ou qui attendent depuis si longtemps et avec quelle angoisse le retour d'un être cher. Les vœux que je forme pour vous ne varient pas avec le temps, dit-il avec une bonhomie complice : je souhaite que la France sache s'unir quand il le faut, je souhaite qu'elle sache vivre et faire vivre sa démocratie, je souhaite qu'elle gagne les enjeux que lui propose le monde moderne. Les événements de 1986 ont montré que la nécessité de faire front sans hésiter contre le terrorisme s'imposait, ils ont montré que nous devions plus que jamais nous mobiliser contre le chômage, ils ont montré que nous devions... » La voix du Président se perdit peu à peu dans un écho lointain. Pierre n'écoutait plus, immobile sur le canapé, ses yeux parcouraient la pièce doucement, vanille et kérakac... mais aussi jasmin. Il leva le visage et ferma les yeux... opopanax... mais aussi la subtilité du cuir... un parfum inédit flottait dans l'air. Une combinaison d'odeurs qui ne correspondait à rien de connu. Un croisement d'une subtilité inconcevable pour une senteur d'appartement, un assemblage hors norme dont les doses s'équilibraient, s'ajustaient à chaque seconde qui passait. Pierre rouvrit les yeux. Le parfum n'était pas dans sa tête, il était bien là, dans la pièce. Il tourna la tête vers le radiateur. Le chapeau séchait dans la chaleur de la fonte. C'était lui.

Il se leva avec autant de lenteur que de précaution, pour ne déplacer aucune molécule d'air, et approcha à pas feutrés. *L'Eau d'Hadrien* et *Solstice* s'étaient mélangés dans l'humidité de la neige, incluant la touche de feu de bois du parc Monceau. « Mes chers compatriotes, quand je vois ce dont sont capables tant de Français, et dans tant de domaines, champions de la science, des arts, de l'industrie, du sport, quand je vois la qualité de nos ouvriers, de nos cadres, de nos agriculteurs, quand je constate le rôle de la France sur la scène internationale, je suis sûr de nos moyens et de nos chances. Encore faut-il y rajouter la volonté de réussir et de réussir tous ensemble. Bonne année 1987, vive la République, vive la France ! » Les trois senteurs se mêlaient et s'équilibraient dans la chaleur. La fusion parfaite, l'alliance idéale. Pierre retint son souffle, puis il approcha son visage du feutre et le temps s'arrêta. Lorsqu'elle eut lieu, il crut défaillir. Sublime, immanent, un équilibre parfait entre *Solstice*, *L'Eau d'Hadrien* et le feu de bois. Une fragrance inédite, à la perfection cristalline. La note de l'ange. Les mains d'Aslan se mirent à trembler. Huit années qu'il ne l'avait pas croisée. Sa muse secrète lui souriait à nouveau dans les derniers instants de l'année. Il ferma les paupières et respira jusqu'à ce que le mélange immatériel entre dans son corps, atteigne le sang, remplisse ses veines, se mélange à ses globules, puis remonte tout son être, réactive les circuits en sommeil de la bibliothèque d'Alexandrie qu'il possédait en lui, celle-là qui avait brûlé un soir de la fin des années 1970, emportant dans le souffle des braises le génie de Pierre Aslan. Les murs de l'appartement s'effacèrent, puis les tableaux, les tapis, la télévision, les lattes du plancher, l'immeuble tout entier, le pâté de maisons, le quartier, les voitures, les gens, les trottoirs, les arbres, la ville et même la neige. Tout disparut. Il n'y eut plus rien. Ni d'année 1986, ni d'heures, ni de minutes. Les yeux fixes et les prunelles dilatées, Pierre ne vit plus que des listes aux milliers de noms défiler devant ses yeux : des doses et des fleurs, des racines et des poudres, des alcools et des distillations, puis une formule pure, limpide, aussi puissante que celle qui résume en chiffres et en lettres le choc nucléaire. Celle d'un parfum, qui tient en deux lignes et part un jour à la conquête de l'époque, de la mode et des femmes.

Ses mains tremblaient encore lorsqu'il introduisit la clef dans la serrure. Pierre posa le chapeau sur l'orgue à parfums comme s'il se fût agi d'une relique qui venait du fond des temps bibliques. Il s'assit dans son large fauteuil en cuir noir, leva des yeux hagards vers la sirène, puis tendit la main vers son porte-mouillettes et souffla sur la poussière.

Lorsqu'ils reçurent le flacon, les hommes en gris installés dans la large pièce aux baies vitrées ne dirent rien. Cela faisait bien longtemps qu'ils n'avaient pas vu cette sirène imprimée dans la cire avec la couronne surmontant la chevelure. Aslan n'avait pas donné signe de vie depuis un bon moment. Trois ans ? Six ans ? Un homme haussa les épaules pour signifier que lui non plus ne savait plus... Il ne prend pas contact avec nous par téléphone, il passe par la poste maintenant, dit l'un d'eux, visiblement piqué. L'homme aux cheveux gris ouvrit le cachet de cire, les petits fragments tombèrent sur le verre de la grande table de conférence, puis il ouvrit la boîte. Elle contenait un flacon, lui aussi cacheté et posé sur un petit coussin de velours. Aucune étiquette, aucune lettre d'explication, aucune formule. L'homme aux cheveux gris se saisit d'un coupe-papier en acier portant l'emblème de la célèbre marque et tapota le haut du flacon. De nouveaux éclats rejoignirent les précédents. Tous se rapprochèrent lorsqu'il ouvrit le flacon.

Il ferma les yeux, puis dans une étrange communion le présenta aux narines des cinq hommes et des trois femmes qui se trouvaient devant lui. Personne ne dit mot durant une longue minute. Puis chacun se regarda et l'électricité traversa la pièce aussi sûrement que si un arc à douze mille volts avait croisé l'air. Appelez-le, dit doucement l'homme aux cheveux gris. Vite ! ajouta-t-il, avant qu'il le propose à Chanel ou Saint Laurent. Puis il regarda le flacon dans la lumière et sourit de ce sourire des hommes d'affaires qui doivent s'en remettre aux artistes et n'arrivent pas à y croire. Que les millions de francs qu'ils allaient investir dans ce parfum, sa composition, les bouteilles, toute la chaîne industrielle et financière et même les cotations boursières puissent découler de l'imagination d'un seul homme. D'une « idée » qui avait traversé l'esprit de cet homme un matin. C'était le grand mystère de l'industrie et de la finance, ce qui la rattachait à quelque chose d'impalpable, d'immatériel, de quasi mystique en définitive...

Le serveur en tablier blanc les avait précédés tout le long d'une enfilade de tables où des couples, des familles et des touristes parlaient en souriant ou hochaient la tête, la bouche pleine. Aslan avait eu le temps de distinguer des plateaux de fruits de mer, des entrecôtes pommes vapeur, des faux-filets béarnaise. Quelques jours après avoir signé le contrat pour sa nouvelle fragrance, Pierre avait décidé d'emmener sa femme et son fils dîner. À leur entrée, le maître d'hôtel, un homme aux cheveux gris en brosse, leur demanda s'ils avaient réservé, puis il chercha le nom d'Aslan sur son registre. On va vous conduire à votre table, dit-il en accompagnant la phrase d'un mouvement de menton à destination d'un garçon qui s'approcha aussitôt. Ils déplièrent la couverture en faux cuir rouge du menu et commencèrent à lire. Le *Plateau Royal de fruits de mer* (3 personnes) s'annonçait au centre de la page dans une calligraphie soignée : fines de claire gillardeau, tourteau, clams, violets, langoustines, bulots, bouquets, palourdes, oursins, bigorneaux. Aslan se saisit de la carte des vins et y chercha un chevalier-montrachet. Le sommelier avait quitté l'air vaguement condescendant qu'arborent tous ses semblables pour se fendre d'un : « Excellent choix... monsieur. » Quelques minutes plus tard, il revint avec la bouteille, se saisit d'un tire-bouchon et accomplit le rituel de l'ouverture en faisant passer le liège sous ses narines. Aslan goûta la première gorgée, et approuva. Le sommelier lui rendit son approbation d'un signe de la tête, remplit leurs verres et s'éloigna. Aslan remarqua que quelques regards se tournaient vers leur table, certainement des mélomanes avaient reconnu Esther.

Fremenberg t'aura aidé, dit-elle. Peut-être que tu n'aurais pas dû tout arrêter aussi brusquement. — Mais si, protesta doucement Pierre. Les séances avaient cessé le soir même où Aslan avait ouvert la porte du bureau pour s'asseoir devant l'orgue à parfums. Le vendredi suivant, il avait déclaré à Esther qu'il était trop occupé pour se rendre chez Fremenberg. — Mais enfin, Pierre, tu n'as pas raté une séance depuis six ans, lui avait-elle dit d'un air horrifié. Pour couper court à toute discussion qui l'aurait troublé dans ses précieux mélanges, Aslan s'était approché d'elle, l'avait regardée en silence puis avait déposé un baiser sur son front et sans un mot s'était rassis dans son fauteuil. Esther avait renoncé. La semaine suivante, il avait calé un rendez-vous pour un essai de distillation au laboratoire à l'heure exacte où il aurait dû se trouver chez le psychanalyste. Les vendredis qui se succédèrent ne virent plus la silhouette d'Aslan traverser le parc Monceau. Un matin, il reçut un coup de fil d'un obscur secrétariat qui lui annonçait qu'il ne s'était pas rendu aux rendez-vous de Fremenberg depuis quatre mois. S'il avait l'intention de poursuivre ces séances, toutes celles omises seraient dues, lui avait dit la voix féminine.

Pierre n'avait pas de sympathie particulière pour Fremenberg et encore moins pour cette coutume astucieuse qui voulait que l'on paye un service dont la prestation n'avait pas eu lieu. C'était très discutable. D'un côté, le désagrément occasionné par un rendez-vous que l'on n'a pas honoré pouvait justifier une forme de réparation, d'un autre, c'était un peu comme si on oubliait de décommander sa réservation dans un restaurant et qu'au dîner suivant le maître d'hôtel vous présente deux additions d'un air entendu. Que devait-il à Fremenberg ? Rien. Ces longues séances silencieuses ne l'avaient guère fait progresser durant ces six années. Il ne devait d'être sorti de sa dépression qu'à un chapeau. S'il ne l'avait pas ramassé, rien ne se serait produit. Pierre avait développé une théorie sur ce sujet et selon lui il existait « une autre vie » dans laquelle il n'avait pas ramassé le chapeau sur le banc du parc Monceau, sa femme ne lui avait pas fait de réflexion sur sa barbe, il ne s'était pas rasé, et bien sûr le chapeau ne s'était jamais retrouvé posé sur le radiateur du salon le 31 décembre. Dans cette « autre vie », il portait toujours sa vieille canadienne, une barbe, n'avait pas ouvert la porte de son bureau et continuait à se rendre tous les vendredis chez l'analyste. Ce qu'Aslan nommait « une autre vie » n'était qu'une illustration parfaite de la mécanique quantique et de ces développements appliqués en théorie des probabilités. Celle-ci part de l'hypothèse que chaque choix que nous faisons dans nos vies crée un nouvel univers qui n'annule pas pour autant le précédent. Notre vie serait un arbre cachant une forêt de vies parallèles où nous ne serions ni tout à fait le même ni tout à fait un autre. Dans certaines de ces vies, nous n'avons pas épousé la même personne, nous ne vivons pas au même endroit, notre métier est différent... Nier en bloc l'utilité de Fremenberg dans sa guérison comportait cependant une faille : sans le rendez-vous hebdomadaire chez l'analyste, il ne se serait jamais assis sur le banc du parc Monceau, à côté du chapeau. Il s'était donc décidé à faire le calcul des vendredis manqués et s'acquitta de son dû par chèque. Il ne reçut aucune réponse, mais le chèque CIC 4567YL fut débité le jour suivant.

Alors, ce vin ? demanda-t-il d'un air grave à sa femme et à son fils. — Excellent, répondit Esther, tandis qu'Éric le déclarait « cool ». Quelques instants plus tard, un garçon vint disposer sur la nappe un socle rond, signe que le plateau de fruits de mer allait arriver. Suivirent la corbeille de pain noir, le ramequin de vinaigre à l'échalote et le beurrier. Aslan tartina un bout de pain qu'il trempa discrètement dans le mélange. Il fut aussitôt imité par Éric et Esther fronça les sourcils. Le plateau arriva avec ses fruits de mer disposés par famille sur la glace concassée. Aslan prit une huître, puis approcha le citron coupé en quarts juste au-dessus, pressa délicatement l'agrume, une goutte tomba sur la fine membrane qui se rétracta aussitôt.

La jeune fille du vestiaire lui remit son chapeau et l'aida à enfiler son manteau, puis elle couvrit les épaules d'Esther de son foulard en mousseline de soie et la regarda un peu trop fixement. J'étais à Pleyel... à votre concert, en mars, lui dit-elle dans un souffle. C'était... inoubliable, le prélude et fugue en *la* mineur... ajouta-t-elle les yeux brillants. — Merci, lui répondit Esther dans un sourire gêné, les manifestations d'admiration la déstabilisaient toujours un peu. C'étaient les seuls instants ou Aslan voyait passer sur le visage de sa femme l'ombre fugace de la timidité. — Cela me touche beaucoup, vraiment, ajouta-t-elle en lui prenant les mains, et la jeune fille devint toute rose. Pierre lui glissa une pièce de dix francs, elle lui fit un bref sourire, mais c'était Esther qu'elle ne quittait pas des yeux. Et lorsqu'ils sortirent, il était sûr que la jeune fille la suivrait du regard jusqu'à ce que tous les trois aient disparu dans la nuit.

Dans le taxi, Pierre, Éric et Esther se serrèrent à l'arrière car la place passager de la conductrice était occupée par un chien de berger de petite taille. Les femmes taxi étaient assez rares, surtout la nuit, et le chien devait être autant une compagnie qu'un moyen de dissuader d'éventuels voyous. Tandis qu'Aslan souriait en regardant la ville défiler derrière la vitre, son fils prit le feutre noir qu'il tenait sur ses genoux depuis leur départ. — C'est qui, B. L. ? — Pardon ? — B. L., les initiales dedans, ce n'est pas toi ? — Ton père l'a acheté d'occasion dans un magasin de démarque. Aslan lui prit doucement le chapeau des mains et regarda la bande de cuir intérieure. C'était bien un feutre noir de la même marque, les lettres étaient bien imprimées au fer d'or à la même place mais ce n'étaient plus les mêmes. Deux hommes dans le même restaurant, deux chapeaux identiques, la jeune fille du vestiaire s'était trompée.

Cher monsieur,

Avant toute chose et pour ne pas provoquer une joie qui risquerait de vite se faner, je tiens à vous préciser que je ne suis pas en mesure de vous ramener l'objet de votre annonce. Voilà qui est fait. Néanmoins je tiens à vous écrire car le chapeau que vous recherchez ne m'est pas indifférent, je l'ai porté presque vingt-quatre heures. Une soirée, une matinée et un après-midi, pour être plus précise.

Vous avez signalé le train Paris-Le Havre 06781 dans le libellé de votre annonce, il a été rebaptisé lorsque je l'ai pris au Havre pour la direction inverse (le mien était le 67854). Je suis montée dedans en gare du Havre à 21 h 25 le soir même où vous avez perdu votre chapeau. C'est donc lui que j'ai trouvé dans le filet opposé à la place 88. Je ne l'ai aperçu qu'à mon arrivée à Paris. Comme il pleuvait, je l'ai pris et posé sur ma tête. Geste anodin qui pourtant a changé le cours de ma vie. Votre très beau chapeau en feutre noir possède gravées sur sa bande de cuir intérieur des initiales qui se trouvent être les miennes. J'ai interprété ce détail comme un présage heureux, disons une sorte de protection qui pourrait m'accompagner dorénavant. La suite de cette lettre va être plus intime et j'espère que cette lecture ne vous contrarie pas. Le soir où j'ai emporté votre chapeau, je me suis rendue à un rendez-vous amoureux. Un de mes nombreux rendez-vous amoureux, devrais-je dire. Non, ne vous méprenez pas, je n'ai pas des cohortes de soupirants et fais encore moins commerce de mes charmes ! Je dis nombreux, car ce n'était pas la première fois que je retrouvais cet homme. Ce rendez-vous nocturne ressemblait au précédent, les précédents ressemblaient à ceux d'avant et ainsi de suite. J'ai entretenu durant plus de deux ans une liaison avec un homme marié qui me promettait de refaire sa vie avec moi sans jamais tenir sa promesse… Je me doutais depuis longtemps que notre histoire n'aurait pas de lendemain, que plus les rendez-vous s'accumulaient dans mon agenda, plus nous approchions de la fin. Le propre d'une liaison est de ne pas durer dans le temps, son aspect éphémère en fait tout le charme, vouloir la prolonger n'apporte souvent que déception et désillusion. Mais je m'égare. Votre chapeau, en cette nuit dans le quartier des Batignolles – notre quartier de rencontre, car situé près de la gare Saint-Lazare et pourvu de nombreux hôtels bon marché – votre chapeau, disais-je, a scellé la fin de mon histoire avec Édouard et m'aura permis de m'apercevoir qu'il tenait en définitive peu à moi… Je ne vais pas développer ici les conditions exactes de cette rupture, car vous aurez loisir, si vous le souhaitez, de lire ma nouvelle *Le Chapeau* dont je vous joins la photocopie de la publication dans *Ouest-France* du mois de mars. Tout ce que j'y raconte est la vérité, les événements comme les lieux.

Édouard a donc disparu de ma vie grâce à la complicité de votre chapeau. Je dis bien disparu, car je n'ai plus jamais eu de ses nouvelles. Les jours suivant notre rupture, je consultais mon répondeur dans l'espoir de le voir changer d'avis ou du moins demander un complément d'explication. Rien ne vint. À ce jour, Édouard n'a pas donné signe de vie et n'en donnera sûrement jamais plus. Grâce à votre chapeau, j'ai aussi écrit cette histoire qui m'a permis de décrocher le très prestigieux prix Balbec. Vous ne le savez peut-être pas, mais il est remis à l'équinoxe de mars, tous les deux ans, à l'hôtel de Cabourg immortalisé par Marcel Proust. Le jury était composé de notables, d'auteurs régionaux et de journalistes. Dans la foule rassemblée autour d'une coupe de champagne et de plateaux de petits-fours, j'ai tout de suite remarqué un homme. Il avait les cheveux gris et les tempes blanches, était élégamment vêtu d'un complet gris perle, et surtout, tenait à la main un feutre de la même couleur. Ma récente expérience des chapeaux a tout de suite attiré mon œil vers le seul qui se trouvait dans l'assistance. J'avais menti à Édouard en affirmant que j'entretenais une liaison avec un homme plus âgé que lui, qui portait un chapeau et m'en avait offert un semblable. Cela va vous paraître singulier, mais ce n'est pas la première fois que ce que j'écris se réalise dans la vie. Ainsi j'ai rédigé *Changement d'adresse* (troisième prix « Des mots-Une commune » 1984) quatre mois avant de déménager réellement ; et *Un après-midi au port* (lecture au festival de théâtre du Havre 1985), qui racontait l'histoire d'une jeune femme attendant dans un café le retour de son mari, capitaine de la marine marchande, préfigura, je le crois, une histoire éphémère avec un marin-pêcheur, puisque six mois plus tard je me retrouvais à la place de cette femme, dans un café, à attendre le retour d'un homme. Cette fois, c'était bien inconsciemment que j'avais inventé l'homme plus âgé au chapeau et pourtant, je dois le confesser, depuis la remise du prix Balbec, cet homme est entré dans ma vie et celle-ci est en passe de changer.

Je ne suis plus très sûre de continuer d'habiter Le Havre, je ne suis plus très sûre de continuer mon métier. Non, je ne veux pas devenir écrivain, c'est un métier trop difficile, je n'en ai ni le talent ni l'ambition, mais libraire, peut-être... Il y a un charmant local à vendre dans l'une des rues principales de Cabourg et plus j'y pense, plus je m'y verrais bien vendre des livres. Michel, puisque c'est le prénom de l'homme au chapeau gris, me propose de l'acheter, il me propose aussi de refaire sa vie avec moi et de m'épouser. Cette fois, c'est moi qui ne sais plus trop. Tout est allé si vite. Si vous n'aviez pas oublié votre chapeau dans ce train, ma vie n'aurait pas changé et je serais sûrement encore en attente d'un rendez-vous aux Batignolles. Allez savoir pourquoi je vous écris une si longue lettre ? Sûrement car j'ai un homme à chapeau dans ma vie ; j'éprouve le besoin de me confier à un autre homme à chapeau, celui par qui tout est arrivé. Hélas ! la fin de ma nouvelle est l'exacte vérité. Je n'ai plus votre feutre. Je n'en sais pas davantage.

Je vous prie, monsieur, de croire en mes sentiments les meilleurs et vous souhaite de retrouver votre bien perdu.

Fanny Marquant.

Daniel Mercier
8, rue Henri-Le-Secq-des-Tournelles
76000 Rouen

Mademoiselle,

Votre lettre m'a bouleversé. Tout d'abord parce que je n'attendais plus aucune réponse à l'annonce que je passe dans ce quotidien national. Je m'apprêtais d'ailleurs à la résilier lorsque j'ai reçu votre lettre aux bons soins de la rubrique concernée. Il n'y a aucun doute, c'est bien mon chapeau que vous avez récupéré dans le train. J'ai lu votre nouvelle à plusieurs reprises et vous félicite pour votre style, ainsi que votre prix Balbec. Les développements de cette journée et demie passée avec mon chapeau m'ont profondément marqué et n'ont fait que confirmer quelque chose que je sais déjà, que je suis bien placé pour savoir : ce chapeau n'est pas ordinaire. Et puisque vous vous êtes livrée à moi avec autant de confiance dans votre missive, à mon tour de faire de même. Cela me fera le plus grand bien, mes journées de travail étant assez stressantes ces temps derniers.

Ce chapeau, mademoiselle, a lui aussi modifié ma vie, je n'occuperais pas les fonctions qui sont les miennes aujourd'hui et je n'habiterais pas non plus la belle ville de Rouen s'il n'avait croisé ma route. Mon nom est Daniel Mercier, je n'ai donc pas les initiales du chapeau et pourtant il est mien et j'y tiens pour des raisons que je ne peux pas développer ici. J'y tiens suffisamment pour avoir souffert les semaines suivant sa perte de crises d'eczéma type dysidrose que je n'avais pas subies depuis plus de quinze ans. J'ai consulté et le médecin m'a demandé si j'avais été confronté à « une grande contrariété ». Lorsque je lui ai répondu que j'avais perdu mon chapeau, il n'a pas jugé cet événement suffisamment « contrariant » pour engendrer un désordre dermatologique. Je ne suis jamais retourné voir ce praticien. J'ai depuis trouvé le docteur Gonpart, chef de clinique et ancien interne des hôpitaux, qui partage parfaitement mon point de vue sur le stress et la dysidrose, ayant constaté des crises subites chez des patients confrontés à une émotion imprévue. Il m'a cité le cas de l'un d'eux qui s'était couvert de plaques en quelques minutes après avoir perdu son alliance dans l'eau de mer.

Mais je m'égare, mademoiselle, et ne vais pas vous ennuyer davantage avec ces soucis physiologiques qui sont depuis rentrés dans l'ordre... Votre très belle nouvelle *Le Chapeau* sera pour moi l'épilogue d'une histoire très personnelle avec ce feutre noir. Puisque vous me signalez que la fin est vraie, il n'y a plus guère d'espoir pour moi : comment, en effet, retrouver cet homme barbu à canadienne qui l'a ramassé sur le banc du parc Monceau ? Je comprends cette envie que vous avez pu avoir de coller à la réalité jusqu'au bout en le laissant sur le banc et pourtant je n'arrive pas à admettre que vous l'ayez vraiment fait. Dans un monde idéal, vous devriez avoir en votre possession le chapeau, lire mon annonce et pouvoir ainsi me le rendre. Hélas ! le monde n'est pas idéal, il est même ironique, car la dotation du prix Balbec (trois mille francs) était exactement la somme que je m'apprêtais à donner en récompense à celui ou celle qui me ramènerait mon chapeau.

Je vous souhaite d'être heureuse avec l'autre homme à chapeau – le gris – et d'ouvrir votre enseigne dans la belle ville de Cabourg que je ne connais pas encore. J'ai aussi fait lire votre nouvelle à mon épouse, qui a été très sensible à votre plume et profite de ma lettre pour vous demander où l'on peut se procurer vos deux autres nouvelles, *Un après-midi au port* et *Changement d'adresse*.

Bien à vous,

Daniel Mercier.

Monsieur,

Votre lettre par retour du courrier m'a beaucoup
touchée et je comprends parfaitement que la perte
d'un objet auquel il tient puisse provoquer chez son
propriétaire malheureux des angoisses diverses
comme vous avez pu en éprouver avec votre
eczéma. Je suis encore désolée d'avoir abandonné
le chapeau dans le parc Monceau. Ce geste un peu
irrationnel, accompli dans la fougue littéraire, je l'ai
moi aussi regretté, les semaines qui suivirent.
J'aimais beaucoup ce chapeau et lorsque je me suis
renseignée sur son prix, j'ai compris que je ne pour-
rais pas m'en payer un semblable. En guise
d'excuses, et pour faire plaisir à votre épouse, je
vous joins les textes de mes trois nouvelles. Aucune
n'a été publiée, vous ne pourrez donc les trouver
en librairie. Je vous souhaite à tous deux une lecture
agréable et beaucoup de bonheur.

Fanny Marquant.

Mademoiselle,

J'ai eu beaucoup de plaisir à vous lire de nouveau. Votre style et vos personnages sont vraiment attachants. Ma préférence ira à *Un après-midi au port* où je me suis sentie très proche de cette femme qui attend le retour de son homme au *Café des Deux Mouettes*, songeant à sa vie présente, passée et à venir. Je pense que beaucoup de femmes se retrouveraient dans le personnage de Murielle. Bravo et merci pour ces moments d'émotion.

Véronique Mercier.

P.-S. : Quel dommage que vous n'ayez pas pu ramener le chapeau à mon mari ! Il ne parle que de ça !

Librairie de la Mouette
Fanny Marquant
17, rue Marcel-Proust
14390 Cabourg

Monsieur,

Nous avons correspondu, brièvement, il y a quelques mois de cela au sujet de votre chapeau perdu dans le train Paris-Le Havre. Je ne veux pas perdre une minute pour vous envoyer cet article que j'ai déchiré chez le coiffeur ce matin même. Il s'agit d'une interview parue dans *Paris Match*, il y a deux semaines. Le visage de cet homme ne m'a tout d'abord rien évoqué, mais lorsque j'ai lu qu'il était le créateur de *Solstice*, ce célèbre parfum qui est le mien, j'ai commencé à lire et j'ai sursauté. Vous verrez sa réponse à la question de la journaliste page 46, en bas à gauche. J'ai alors tourné la page pour revenir à la photo de cet homme et j'ai demandé à la coiffeuse de me prêter un Bic afin de griffonner une barbe sur son visage glabre. Je reconnais bien ses lunettes rondes. Je me suis aussi souvenue d'un détail que je n'ai pas consigné dans ma nouvelle : il a respiré le chapeau avant de le prendre avec lui. Monsieur Mercier, l'homme qui a pris le chapeau et l'homme que vous voyez sur les deux pages du magazine que je vous joins ne font qu'une seule et même personne.

Bien à vous,

Fanny Marquant.

P.-S. : Le Bic de la coiffeuse était bleu, ce qui fait de lui une représentation assez inattendue de « Barbe-Bleue »...

Une interview exclusive du nez Pierre Aslan.
Texte : Mélaine Gaultier.
Photos : Marianne Rosenstiehl.

*On le décrit comme le Stanley Kubrick du parfum.
Le nez français Pierre Aslan revient avec une création
qui s'annonce déjà comme l'un des parfums phares
de la décennie. Rencontre avec le créateur mythique de*
Solstice *et* Sheraz.

*Nous vous avons quitté sur les notes boisées d'*Alba,
*c'était la fin des années 1970, comment voyez-vous le
parfum de cette décennie-ci ?*

Il sera semblable aux femmes qui la traversent et
dont vous êtes une bonne représentante : char-
mante, libre, indépendante, avec une pointe d'ani-
malité remarquablement dosée, résolument
moderne et séduisante... Peut-être même séduite ?

*Par vous ? N'en doutez pas une seconde, monsieur
Aslan.*

Oh si, je doute ! *(Rires.)* Les hommes doutent toujours, c'est pour cela qu'ils inventent des parfums :
pour pouvoir vous les offrir et vous apprivoiser.

Comment définiriez-vous votre évolution ?

Difficile de répondre... Un parfum doit ressembler
à l'époque où il a été créé et en même temps y sur-
vivre. Ce sont les femmes qui vont le faire vivre, le
faire évoluer. Prenons l'exemple d'*Habanita*, c'est une
création de 1921, nous sommes en 1987, beaucoup
de femmes le portent encore aujourd'hui. Leur
approche est différente, leur façon de le porter aussi.

Que voulez-vous dire ?

Puisque les femmes ont changé, le parfum a changé...

En quoi ont-elles changé ?

Leur peau a changé. L'espèce a évolué, la peau d'une jeune fille des années 1980 n'a rien à voir avec la peau d'une jeune fille des années 1920. Le savon qu'elle utilise n'est pas le même, la poudre non plus, les produits pour laver les draps dans lesquels elle se couche ont évolué eux aussi. Le parfum même de la ville n'a rien à voir. Son degré d'hygrométrie non plus. Une femme de la cour de Louis XV ne sentait pas comme une femme d'aujourd'hui et ce n'est pas une question de parfum. C'est une question de peau.

L'époque fait évoluer la peau ?

Absolument. Prenons le XVIIIᵉ siècle. Que sent cette époque ? Pierre, soleil, bois, fumier, feuille, fer forgé. Aujourd'hui : essence, bitume, peinture métallique, plastique... électricité.

L'électricité a une odeur ?

Bien sûr, et les écrans de télévision aussi.

Comment êtes-vous revenu à la création, après huit ans d'absence ?

En trouvant un chapeau... sur un banc du parc Monceau.

Je ne comprends pas...

Peu importe, ce serait trop compliqué à expliquer. Question suivante.

(...)

117

Monsieur,

J'ai bien reçu par la rédaction de *Paris Match* votre courrier concernant mon interview de M. Pierre Aslan. J'avoue que votre lettre m'a fortement intriguée. Je débute dans la profession et c'est la première fois que je reçois un courrier – je ne suis pas près d'oublier celui-ci. Pour tout vous dire, je ne dois l'interview exclusive de Pierre Aslan qu'à ma petite sœur qui se trouve dans la classe du fils de M. Aslan. Éric est amoureux de ma sœur et je crois que cette interview est un moyen entre eux de progresser dans leur relation... Pierre Aslan n'a accordé aucune interview depuis treize ans, et c'est toute tremblante que je m'y suis rendue. Pour en revenir à votre lettre, monsieur, êtes-vous vraiment sûr que le chapeau que vous avez oublié sur un banc du parc Monceau est celui qu'évoque M. Aslan ? Pour ma part, je n'ai pas compris sa réponse, qui reste en effet très mystérieuse. Je pensais même que la rédaction couperait ce passage, mais au contraire, ils ont souhaité le garder, car il souligne la personnalité complexe et déroutante de Pierre Aslan. Concernant votre requête, je suis désolée mais je ne peux pas vous donner l'adresse privée de M. Aslan. Je ne l'ai pas rencontré à son domicile, mais au bar de l'hôtel *Ritz*, en compagnie de son attaché de presse, et même si je possédais cette adresse, je ne serais pas autorisée à vous la communiquer. Je vous joins les coordonnées de son attaché de presse. Si vous souhaitez écrire une lettre à M. Aslan, je pense qu'il pourra servir d'intermédiaire.

Vous souhaitant toute la réussite possible pour votre recherche, je vous prie de croire en mes sentiments les meilleurs.

Mélaine Gaultier.

A S L A N

Monsieur,

Votre lettre est l'une des plus singulières qu'il m'ait été donné de recevoir. La description détaillée de votre chapeau correspond en tout point au feutre noir que j'ai ramassé sur un banc du parc Monceau. C'est bien ce même chapeau que j'évoque dans l'unique interview que j'ai accordée, au magazine *Paris Match*. Hélas ! je n'ai plus ce chapeau en ma possession. Je le regrette car je lui vouais un attachement sentimental très personnel. La vie est ainsi faite, les objets passent, les êtres et les parfums restent.

Bien cordialement,

Pierre Aslan.

ASLAN

Monsieur,

Mon attaché de presse m'a bien remis la nouvelle lettre que vous avez souhaité m'adresser. Devant votre insistance, je vais tenter de répondre en termes clairs : je ne possède plus votre chapeau, car je l'ai perdu dans une brasserie. Pour être encore plus précis : un malencontreux échange eut lieu ce soir-là. La responsable du vestiaire m'a rendu un chapeau en tout point similaire au vôtre, à ce détail près que les initiales au fer d'or étaient B. L. et non F. M. Je m'en suis rendu compte trop tard. Je suis retourné le lendemain à la brasserie mais le chapeau ne s'y trouvait plus.

Espérant vous avoir suffisamment renseigné sur ce sujet, je vous prie de bien vouloir ne plus m'écrire. J'aime la solitude, réponds très rarement au téléphone et quasiment jamais aux courriers.

Cordialement,

Pierre Aslan.

ASLAN

Monsieur,

Vous trouverez sur la feuille jointe l'objet de votre troisième demande : l'adresse de la brasserie où j'ai égaré ce chapeau auquel vous tenez tant, ainsi que le jour exact de sa perte et même l'heure. Voilà qui va clore définitivement notre correspondance.

Vous trouverez ci-joint un flacon de ma dernière création que vous pourrez offrir à la femme de votre choix. Cette lettre n'appelle aucune réponse.

Aslan.

Bernard Lavallière referma la porte de sa Peugeot 505 dans un claquement sourd. Le dîner s'était mal passé et sa femme ne lui avait plus adressé la parole après leur prise de bec dans la voiture. Pierre et Marie-Laure de Vaunoy les avaient reçus dans leur appartement du Champ-de-Mars avec trois autres couples. Tout aurait dû se passer comme à l'usage dans ces dîners mondains où l'on doit goûter la conversation à défaut de se délecter du contenu des assiettes. On mange mal, en ville, particulièrement chez les nobles. Si l'argenterie et la porcelaine armoriées sont de sortie, cette caste pourtant si élevée éprouve en général une joie perverse à servir dans ses assiettes des repas que le cordonnier ou la concierge refuseraient. On ne mange bien que dans le peuple, avait coutume de dire Bernard, qui n'avait pas mangé avec le peuple depuis plusieurs décennies, mais gardait des souvenirs d'enfance émus de la cuisine préparée par la gardienne de la grande propriété familiale de Beaune. Des souvenirs qu'il ne pouvait partager avec personne et qui, de temps à autre, lorsque les repas étaient vraiment trop mauvais, lui remontaient aux papilles.

Pourtant, la piètre cuisine des Vaunoy ne pouvait à elle seule expliquer l'incident de ce soir. « C'est pire qu'un crime, Sire, c'est une faute », avait dit

Antoine Boulay de la Meurthe à Napoléon lorsqu'il avait appris l'assassinat du duc d'Enghien dans les fossés de Vincennes. Bernard Lavallière n'avait mené personne au peloton d'exécution, et pourtant sa faute à lui avait fait l'effet d'un coup de fusil en plein dîner.

Tout avait commencé par une coupe de champagne – une, pas deux – de piètre qualité et des biscuits apéritifs secs que la maîtresse de maison avait achetés chez Félix Potin – elle avait tenu à le préciser. Les convives étaient arrivés par petits groupes très ponctuels. Le coup de sonnette passé, ils avaient été accueillis par des : « Ah ! Les voilà, mais entrez, entrez ! » Ou encore : « Mais c'est eux ! Entrez, nous nous languissions de vous... » Ces formules un brin théâtrales étaient constamment surjouées par Marie-Laure de Vaunoy qui y mêlait un brin de stupeur, comme si la présence de l'invité derrière la porte relevait d'une coïncidence inouïe. Dans le vestibule, les femmes se défaisaient de leurs étoles et autres sacs à main avant de pénétrer dans le salon où les hommes se serraient la main, se plaignant du temps qu'il leur avait fallu pour trouver une place de stationnement. Les maris déjà présents compatissaient d'un soupir fataliste et viril.

Déjà durant le trajet en voiture, Bernard redoutait que les Vaunoy leur imposent à nouveau un poulet aux abricots. Après une entrée constituée de concombre et de crème, la jeune femme espagnole qui procédait au service apporta un large plat d'argent. Au centre y trônait le gallinacé recouvert d'une sauce marronnasse et entouré d'abricots racornis. Bernard prit un blanc qui s'avéra si sec qu'il lui donna soif toute la soirée. Heureusement, la bouteille de vin était disposée à portée de main. Le subterfuge serait facile : en proposer régulièrement autour de lui pour pouvoir se resservir à volonté. La conversation ronronna sur les sorties théâtrales, le cinéma, les concerts. Nous avons dîné aux côtés d'Esther Kerwitcz pas plus tard qu'hier soir, dit Charlotte Lavallière, sûre de son effet. Ayant laissé passer les soupirs d'admiration, elle raconta leur sortie avec un couple d'amis dans la belle brasserie et la présence de la célèbre pianiste à quelques tables de la leur. Elle était en famille, avec son mari et son fils. Marie-France Chastagnier l'enviait, ils avaient eu bien de la chance d'avoir vu de si près une aussi grande artiste, puis elle se rappela avec émotion un concert d'Esther Kerwitcz trois ans plus tôt à Pleyel. Son mari fit une moue déclarant qu'il préférait Rubinstein, ce à quoi Marie-Laurence de Rochefort lui répliqua que Rubinstein n'était pas un interprète de Bach. Jean-Patrick Le Baussier prononça le nom de Glenn Gould. Le colonel Larnier fit sobrement remarquer que tous les grands musiciens étaient juifs. Gérard Peraunot signala de son côté qu'Esther Kerwitcz était une femme d'une grande beauté, ce qui lui valut une œillade courroucée de son épouse, puis ils passèrent à l'éducation de leurs enfants. Suivirent diverses anecdotes sur leurs week-ends de scoutisme et jeannettes ou les futurs pèlerinages à Saint-Jacques-de-Compostelle. On fit l'éloge du père Humbert, qui s'occupait des enfants d'une manière remarquable et fut qualifié de « saint homme » avec beaucoup de déférence. (Nul ne se doutait alors que l'ecclésiastique serait arrêté seize ans plus tard lors d'une vaste opération de police où l'on ne découvrirait pas moins de quatre-vingt-sept mille photos pédophiles cachées dans le disque dur de son ordinateur.) L'éducation de leur descendance amena les convives à évoquer la télévision, source de tous les maux de l'époque, petit Satan dont bien des programmes ne faisaient que tendre un miroir à la décadence contemporaine. Stéphane Collaro fut ainsi voué aux gémonies : son émission *Cocoboy*, non contente d'être une entreprise à décérébrer la jeunesse, se teintait de « fesses » le samedi soir puisqu'elle présentait – disait-on – une jeune fille effectuant un strip-tease des plus osés. Les Larnier, eux, avouèrent conserver leur écran pour regarder *Apostrophes*. La piqûre culturelle et hebdomadaire du bon docteur Pivot leur donnait l'impression d'avoir lu les livres qui étaient évoqués sur le plateau. Ainsi, l'épouse du colonel ne se privait pas de donner régulièrement son opinion sur un roman passé à *Apostrophes* tout en précisant qu'ils ne l'avaient pas encore acheté mais que cela ne saurait tarder. La présence à l'émission, en décembre dernier, du chanteur Serge Gainsbourg, bien chargé en pastis 51 et en Gitanes, s'adressant à Guy Béart comme à un moujik, les avait scandalisés. Ils avaient envisagé de se séparer de leur télévision, mais bien vite des visages rassurants comme ceux de Jean d'Ormesson ou Philippe Sollers les avaient dissuadés d'une telle folie. Le seul nom de Michel Polac fit pousser des hauts cris aux convives, mais fort heureusement, Francis Bouygues avait récemment débarrassé la France des algarades de *Droit de réponse*. Hubert et Frédérique de la Tour avaient un peu de mal à suivre mais en tiraient gloire : ils n'avaient pas la télévision. Volonté farouche qui faisait ignorer à une famille française entière l'existence de Michel Drucker, dont le nom leur était aussi étranger qu'aurait pu leur être celui d'un mathématicien hindou du IVe siècle. Les mêmes savaient très bien qui étaient les « Mourousi » : une vieille famille aristocratique grecque, phanariote, originaire de Mourousa, près de Trébizonde, mais ils ignoraient qu'un de ses membres était présentateur des actualités du *Treize heures*. Ils n'allaient jamais non plus au cinéma, et vivaient heureux dans un monde d'images fixes, situé quelque part entre Niépce et Nadar. Pierre de Vaunoy, en maître de maison, trouva la seule conclusion à ce long aparté télévisuel : Que voulez-vous, c'est toute cette gauche qui nous a amené ça... — Oui, renchérit Jean-Patrick Teraille, mais ce n'est pas fini, vous verrez, je vous fiche mon billet que Mittrand va se représenter.

— Je vous prie de prononcer son nom correctement.

Bernard Lavallière venait de parler. L'instant d'après, il avait avalé le fond de son verre de vin. Lorsqu'il le reposa sur la table, le silence s'était fait et tous le regardaient.

« Mittrand », cette contraction qu'affectionnait la droite un brin vieille France et qui se teintait d'ailleurs d'extrême droite sans oser se l'avouer. Ce n'était pourtant pas la première fois qu'il l'entendait, VIIe, XVIe et VIIIe formaient la trilogie de tête des arrondissements de Paris où on l'employait dans les dîners en ville. Gaulliste de la première et de la dernière heure, UDF tranquille, Front national discret, ou royaliste revendiqué s'évertuaient à écorcher le nom du chef de l'État dans le but jamais avoué de se reconnaître entre eux. « Mittrand » était un mot de passe. Cette confrérie de droite, allant du plus talon rouge au plus marginal, se délectait de cet usage hors normes dans la langue française du *e* aspiré. La rectification aussi inattendue que soudaine de Bernard avait fait baisser la température de la salle à manger de plusieurs degrés. Le poulet était froid, les abricots plus racornis encore et les verres couverts de givre. Bernard lui-même aurait été incapable d'expliquer ce qui l'avait poussé à faire une telle sortie. La phrase était venue toute seule. Le souvenir des déjeuners de son enfance qui lui était remonté à l'esprit en mastiquant le volatile infect ? Le fait que Jean-Patrick Teraille, contrairement à lui, possédait toujours sa demeure familiale dans le Poitou ? L'excès de vin ?... Non, décidément, c'était inexplicable.

Je l'ai toujours appelé Mittrand et je ne changerai pas, ne vous en déplaise, Bernard, répondit Jean-Patrick Teraille, glacial, tandis que le colonel Larnier le fixait, les mâchoires contractées, comme s'il présidait un conseil de guerre pour haute trahison. — Seriez-vous devenu de gauche, cher ami ? demanda sournoisement Pierre Chastagnier. — Vous avez viré votre cuti sans nous le dire ? gloussa Frédérique de la Tour. Bernard sentit quelque chose d'indéfinissable s'épanouir en lui, une grande quiétude chaude et enveloppante remonta le long de son épine dorsale. Elle atteignit son cou puis sa tête, un sourire énigmatique se dessina sur ses lèvres : Que reprochez-vous exactement à Mitterrand ? demanda-t-il d'une voix douce. Tous, nous sommes rassemblés autour de cette table comme nous le faisions trois ans plus tôt, six ans plus tôt, huit ans, dix ans, quinze ans plus tôt. Qu'a changé le 10 mai 1981 à notre vie ? Il y eut un grand silence. — Voyez, dit Bernard, rien... Cela n'a rien changé. — Vous oubliez les ministres communistes au gouvernement ! s'indigna Pierre Chastagnier. — Je ne l'oublie pas, mais désormais le Parti communiste est en train de se dissoudre aussi sûrement qu'un sucre dans l'eau, Mitterrand a réussi en six ans ce que la droite n'est pas arrivée à faire en trente. — Vous vous faites l'avocat du diable ! — Mitterrand n'est pas le diable... mais il est avocat, sourit Bernard. La pointe d'un escarpin Céline dans un tibia d'homme est une arme trop souvent négligée par la gent masculine, et un violent coup de pied lui fit lever les yeux sur le regard furibond de Charlotte. — Il représente la France dans le monde, dit Jean-Patrick Teraille d'une voix sourde, et ça, je ne peux pas le tolérer ! — Quelle image donnons-nous avec notre Président socialiste ? ! renchérit Hubert de la Tour. — Quelle image ? s'étonna

Bernard, mais la meilleure qui soit, poursuivit-il en se massant discrètement la jambe. Mitterrand est très aimé partout où il va et nous entretenons les meilleures relations avec nos homologues, que ce soit Helmut Kohl, le président Reagan, M. Gorbatchev, Margaret Thatcher... En France, il est populaire, les gens l'aiment. — Les gens, les gens, quelles gens ? ! s'emporta Hubert de la Tour. — Le peuple... répondit Bernard dans un sourire. — Cet homme est surtout machiavélique, maugréa Pierre de Vaunoy. — Oui, dit Bernard, dans un sourire, il faut relire *Le Prince*. — *Le Prince* ? — *Le Prince* de Machiavel, tout est là. — Tu ne l'as jamais lu, lui rétorqua sèchement Charlotte. Bernard battit imperceptiblement des paupières : « Ainsi quiconque devient prince par l'aide du peuple, se le doit toujours maintenir en amitié, car l'affection du peuple est la seule ressource qu'un prince puisse trouver dans l'adversité. » — Je suis édifié... Tout le monde se tourna vers le colonel Larnier. Celui-là, qui n'avait pas desserré les mâchoires, venait de trouver en Bernard un objet plus digne encore de son courroux que l'interprète de *La Marseillaise* en reggae. — Monsieur, reprit-il d'une voix que la colère rendait essoufflée, je n'entends pas vous écouter poursuivre devant moi le panégyrique de François Mitterrand, la façon dont vous avez coupé la parole à M. Teraille est inqualifiable, en d'autres temps les hommes réglaient leurs querelles sur le pré ! La maîtresse de maison tenta d'apaiser l'ire du colonel, celui-ci bredouilla encore quelques phrases où il fut question de la voix de la France, du général de Gaulle et des usurpateurs. Puis le silence se fit, un ange passa et le savoir-vivre des bonnes maisons reprit le dessus.

Au moment de prendre congé, Bernard remercia ses hôtes puis salua les invités, sans entendre que sa femme se confondait en excuses auprès de la maîtresse de maison. Dans l'entrée il revêtit son imperméable Burberry, aida Charlotte à placer son étole puis posa sur sa tête son chapeau de feutre noir, ignorant que ses initiales au fer d'or avaient varié de quelques lettres sur l'ordre alphabétique.

À minuit et demi, tandis que son épouse entrait dans un sommeil agité – malgré la prise d'un anxiolytique type Mogadon –, Bernard, seul dans le salon, se servit un cognac. Personne ne l'avait soutenu, ne serait-ce que du bout des lèvres, lorsqu'il avait osé demander qu'on prononce le nom du Président correctement. Charlotte était même allée plus loin en s'attaquant à son tibia de la façon la plus sournoise. La moquerie de leurs premières réactions avait vite laissé place à une haine glacée. Au moment du départ, le colonel lui avait serré la main en le toisant, comme personne n'avait osé le regarder depuis ses années en culottes courtes. En d'autres temps, les hommes réglaient leurs querelles sur le pré. Un duel, et puis quoi encore ? Bernard s'en voulait de ne pas lui avoir rétorqué une phrase bien sentie. Il l'avait trouvée dans l'ascenseur : Vous avez raison, mon colonel, c'est dans les prés qu'on rencontre les ânes de votre espèce. Une merveille, qui aurait sûrement eu raison du ventricule droit du militaire plus encore qu'une balle de FAMAS.

Sur le chemin du retour, sa femme lui avait fait une scène que l'on pourrait aisément qualifier d'hystérique : Tu vas nous fâcher avec tous nos amis ! avait-elle glapi dans la voiture. — Nos amis ? Bernard vida son cognac d'un coup sec et s'en resservit un autre. Au diable, songea-t-il, toute la maison dort, je fais ce que je veux. En quoi ces gens pouvaient-ils être qualifiés d'amis ? Le terme était bien trop fort, ce n'était pas parce qu'on avait fait les mêmes études, fréquenté les mêmes rallyes, puis les mêmes écoles, que l'on pouvait se dire *amis*. C'était parfaitement disproportionné. Ils étaient du même *milieu*, c'était ça leur point commun. L'amitié, c'était bien autre chose, les poètes et les écrivains avaient su la chanter, la définir. Les noms de Montaigne et La Boétie lui vinrent à l'esprit, puis il se ravisa, l'exemple n'était pas très bien trouvé, puisqu'on soupçonnait l'amitié entre ces deux auteurs d'aller jusqu'à la sodomie. Saint-Exupéry, en revanche, avait écrit sur le sujet de très belles pages, avec son histoire de petit renard apprivoisé dont on est responsable à vie. Les convives du dîner n'avaient rien de petits renards fragiles, plutôt de hyènes qui avaient flairé l'odeur du sang dès sa remarque prononcée. Ce soir, en quelques secondes, l'homme respecté occupant un gros poste chez Axa était devenu « suspect » à leurs yeux.

Ils m'ont regardé comme une proie, songea Bernard. D'ailleurs ils chassent tous, et j'ai toujours refusé de me rendre à leurs parties de campagne. Qu'ai-je donc en commun avec tous ces gens ? Cette unique question, qu'il ne s'était jamais posée, s'ouvrait sur un abîme.

Son estomac émit un grincement et aussitôt la vision du poulet aux abricots lui revint. Il la chassa de son esprit en y substituant le souvenir d'Henriette et de ses fourneaux. Henriette habitait le petit pavillon à l'entrée de la propriété familiale, située entre le Clos-des-Deux-Pies et le domaine de Rivaille. Dans la grande maison, les Lavallière se retrouvaient, parents, cousins, cousines, oncles, grands-parents et cela plusieurs fois l'année, au rythme des congés scolaires. Henriette, dont Bernard n'avait jamais connu le mari décédé vingt ans plus tôt, vivait dans le pavillon de gardien avec son frère Marcel. Celui-là faisait office d'homme à tout faire dans des domaines aussi divers que le jardinage ou la maçonnerie. On ne lui avait jamais connu aucune femme, et bien des années plus tard, le bruit courut que Marcel aimait les hommes, mais cela ne fut jamais vérifié.

Entrer chez Henriette était un privilège auquel tous les enfants Lavallière n'avaient pas droit. Certains étaient jugés trop grands, d'autres trop petits ; la tranche d'âge idéale se situait entre sept et douze ans. Le déjeuner auquel la dizaine d'enfants concernés étaient conviés commençait toujours par une visite du potager d'Henriette. On apprenait à y reconnaître les herbes aromatiques et les légumes, parfois même on pouvait en goûter certains. Marcel sortait de son pantalon un Opinel et devant les enfants émerveillés coupait en morceaux une carotte ou une tomate puis procédait à la distribution. Ensuite tout le monde s'asseyait à la grande table recouverte d'une invariable toile cirée rouge et blanche, Henriette se mettait devant son poêle à charbon et dans les assiettes arrivait un pot-au-feu devant lequel bien des restaurateurs auraient pu s'incliner. D'autres fois, c'était une blanquette fondante, un osso-bucco ou encore un chou au lard. Des plats de terroir dont le secret des recettes s'était transmis de génération en génération et qu'aucune des mamans des enfants attablés n'aurait été capable de réussir dans sa cuisine parisienne. On avait du personnel, bien sûr, mais aucune de ces cuisinières-là n'arrivait à la cheville d'Henriette. Le temps avait passé, au décès de ses grands-parents la propriété avait été vendue, sauvagement dépecée entre les héritiers. De la chaleur de cette cuisine et de ces fumets sortis de l'enfance, il ne restait rien.

Tous les convives du dîner justifiaient à eux seuls l'animosité latente qu'engendrait la classe bourgeoise et noble depuis des lustres. Giscard d'Estaing, ce grand bourgeois déguisé en noble par l'achat de sa particule en 1922, mais adoubé par cette caste via son mariage, en était un bel exemple. Que lui avait donc dit Mitterrand lors du débat de l'entre-deux-tours ? « D'abord, je n'aime pas beaucoup ces manières, je ne suis pas votre élève et vous n'êtes pas le président de la République ici, vous êtes simplement mon contradicteur. » La phrase avait fait mouche. Dire que j'ai voté Giscard, songea Bernard, lorsque le mot qui désigne les sédiments millénaires lui vint à l'esprit : fossile. Parfaitement, des fossiles, dit-il à mi-voix en posant brusquement son verre sur la table basse. Des fossiles, dont certains n'ont pas la télévision et s'en vantent. Des fossiles qui veulent que rien ne change jamais, qui vivent dans leurs vieux appartements au décor immuable. Bernard leva les yeux et tomba sur le portrait de Charles-Édouard Lavallière, le tableau de son aïeul qui trônait depuis deux générations au-dessus de la cheminée. C'était à cet homme aux rouflaquettes grises et au profil d'empereur romain que la famille devait aujourd'hui encore une bonne partie de sa fortune, constituée d'appartements et de bureaux dans la capitale. À l'origine, des terrains que l'aïeul avait fait bâtir au moment des grandes percées haussmanniennes. Puis ses yeux croisèrent la commode Louis XVI et ses deux vases Ming. Il tourna la tête vers la cheminée en marbre blanc avec son cartel en bronze doré Louis XVI présentant Diane chasseresse et un faon. Le petit meuble Louis XIII près de la fenêtre, les rideaux Laura Ashley, les voilages, la série de six fauteuils Louis XVI, le tapis persan, le tabouret Louis-Philippe et le secrétaire de la même époque. Au mur, des tableaux de paysages présentant des ruines imaginaires peintes vers 1800, peuplées d'improbables bergères, le pastel très kitsch d'une femme au regard tourné vers le ciel, comme en proie à quelque apparition de la Vierge et dont on ne savait plus trop quelle place elle occupait dans la généalogie familiale, puis la tapisserie d'Aubusson sur le mur d'en face et le lustre en cristal Charles X.

Bernard fut atterré de constater que son intérieur ne différait en rien de ceux des convives du dîner. Il était pareil au tableau qui trônait au-dessus du canapé. Celui-là présentait une scène bucolique près d'un petit ruisseau, un peu plus loin on apercevait une église. Dans le clocher, la toile était évidée et un vrai mécanisme d'horloge en émail apparaissait dans le cercle. Les aiguilles s'étaient perdues au fil des générations. Bernard ne l'avait jamais connu autrement que dans cet état. Dans l'absolu, le tableau devait sonner comme une pendule et donner l'heure. Il n'en était rien, il ne fonctionnait plus depuis des lustres. Bernard le tenait de son père qui lui-même le tenait du sien et plus personne ne savait quel Lavallière l'avait acquis – il était là, à demeure, inutile, et par la seule présence de son cadran sans aiguilles symbolisait le temps à jamais figé. La toile infirme semblait lui dire : Tu es un bourgeois conventionnel et tu le seras toujours, tu es semblable à chacun des convives du dîner, comme eux, tu vis dans un décor qui n'est pas le tien, auquel tu n'as quasiment rien apporté de nouveau, tes fils seront comme toi et ainsi de suite. Tu n'es qu'un conservateur dans tous les sens du terme. Un homme de son milieu, parfaitement interchangeable, comme ton père, comme ton grand-père et tes descendants après toi. Tu n'es pas un homme de ton temps, d'ailleurs, regarde mon cadran, tu ne sais ni l'heure ni l'année dans laquelle tu vis.

Bernard fut alors pris d'une envie irrépressible de lire *Le Prince* de Machiavel. Tu ne l'as jamais lu, avait osé lui dire Charlotte. Bien sûr qu'il l'avait lu, durant son droit, mais il n'avait pas une seule fois rouvert l'ouvrage. Le seul fait qu'il ait pu s'en souvenir avec une telle justesse ce soir aurait dû susciter l'admiration de tous. Il se rendit dans son bureau, fouilla sur les rayonnages un bon quart d'heure avant de mettre la main sur cet exemplaire de poche, bon marché, aux pages déjà jaunies, il ouvrit et lut : « Un prince bien avisé ne doit point accomplir sa promesse lorsque cet accomplissement lui serait nuisible, et que les raisons qui l'ont déterminé à promettre n'existent plus : tel est le précepte à donner.

« Il ne serait pas bon sans doute, si les hommes étaient tous gens de bien, mais comme ils sont méchants, et qu'assurément ils ne vous tiendraient point leur parole, pourquoi devriez-vous tenir la vôtre ? On doit bien comprendre qu'il n'est pas possible à un prince, et surtout à un prince nouveau, d'observer dans sa conduite tout ce qui fait que les hommes sont réputés gens de bien, et qu'il est souvent obligé, pour maintenir l'État, d'agir contre l'humanité, contre la charité, contre la religion même.

« Il faut donc qu'il ait l'esprit assez flexible pour se tourner à toutes choses, selon que le vent et les accidents de la fortune le commandent, il faut, comme je l'ai dit, que tant qu'il le peut il ne s'écarte pas de la voie du bien, mais qu'au besoin il sache entrer dans celle du mal. »

Sur ces mots, il fut pris d'une violente migraine et alla se coucher.

...Vous êtes sûr ? demanda le kiosquier à moustache d'une voix hésitante.

Tous les matins, Bernard se levait aux aurores et allait chercher *Le Figaro*. Bien sûr, il aurait pu s'abonner, mais cette petite sortie matinale faisait partie des habitudes qui rythmaient sa vie. Le journal acheté, il revenait prendre le petit déjeuner en famille, puis partait à son bureau. Il avait connu trois kiosquiers et entretenait les meilleurs rapports avec eux – il était le client de sept heures moins le quart, celui qui prenait *Le Figaro* avec les suppléments *Madame* et *Magazine* le week-end. — Oui, je suis sûr, répondit Bernard avec calme. Pour la première fois depuis treize ans qu'il tenait le kiosque de Passy, Marcel Chevasson venait de vendre un exemplaire de « *Libé* » à son client du matin. Ce genre d'événement ne se produit jamais, la clientèle est soit volage – passants de hasard qui achètent un journal avant de s'éloigner et ne reviennent jamais – soit d'une fidélité métronomique : pour ceux-là, le kiosquier est un complice discret, qui ne fait jamais aucune remarque, ne porte aucun jugement. Ainsi tous les jeudis il avait ses deux habitués de *National Hebdo*, le canard de Jean-Marie Le Pen, un trentenaire aux cheveux rasés et un vieux monsieur à canne et loden qui portait des gants en hiver. Il en était de même pour les magazines pornos. *Union* et *Lui* avaient leurs clients qui les achetaient discrètement, mais sans aucune honte, et Marcel Chevasson les leur remettait avec autant de détachement que s'il se fût agi du *Point* ou de *Valeurs actuelles*. Que se passerait-il si le vieillard à canne se mettait à acheter *Le Figaro* ? Que le jeune homme aux cheveux rasés lui demande *L'Équipe*, que ses amateurs de photos cochonnes passent à *France Dimanche* ou *Point de vue* ? Le client du *Figaro* venait de rompre un équilibre et Marcel Chevasson s'en trouva perturbé pour le reste de sa matinée. En se penchant au-dessus de la pile de *VSD*, il se rendit compte que les changements ne s'arrêtaient pas là : son client ne s'était pas éloigné vers sa rue comme de coutume, mais venait de s'installer à la terrasse du café et, chapeau sur la tête, lisait « *Libé* » devant un café crème. Plus exactement – mais cela Marcel Chevasson ne pouvait pas le voir – il se délectait d'un article virulent sur Jacques Chirac. Fort bien écrit, méchant à souhait, le papier démontait une à une les erreurs du Premier ministre depuis son arrivée à Matignon.

Un quart d'heure plus tard, Bernard entra dans le hall de son immeuble. La concierge se retourna sur son passage, elle n'avait pas rêvé, c'était bien M. Lavallière qui venait de passer devant elle, absorbé dans la lecture du quotidien au losange rouge. Un seul occupant lisait « *Libé* », un *nouveau* – M. Djian – d'ailleurs il était abonné. M. Djian avait investi l'appartement du deuxième étage, dix mois plus tôt. Les plaques de l'interphone avaient vu arriver ce patronyme décalé parmi les noms des habitants qui vivaient là depuis parfois plusieurs générations et comportaient pour la plupart quelque particule. M. Djian était dans l'import-export.

Qu'importait-il ? Qu'exportait-il ? On n'en savait rien, mais cela rapportait suffisamment pour lui permettre de s'afficher au volant d'une Rolls que, selon la concierge – qui le tenait de M. Djian –, celui-ci avait rachetée à « son ami Jacques Séguéla ». Les voisins virent dans ce sommet de la technologie automobile britannique le comble de la vulgarité, et les Barritier, vieille famille Action française qui avait vendu son appartement pour émigrer vers le VIIe arrondissement, furent obligeamment qualifiés de « traîtres ». On saluait M. Djian lorsqu'on le croisait, mais jamais on ne l'aurait invité. Au début, il avait gentiment proposé de recevoir ses voisins pour un apéritif dans son nouvel appartement, mais chacun s'était trouvé un emploi du temps débordé qui l'empêchait radicalement de se dégager en fin d'après-midi. M. Djian ne leur en avait pas tenu rigueur. S'il était considéré comme une incongruité dans l'immeuble, on était bien obligé de lui reconnaître un mérite : il n'avait pas son pareil pour faire baisser les devis en réunion de copropriété. Le syndic, habitué à faire cracher au bassinet tous ces bons pères de famille, avait dû se faire à l'idée que désormais un gros homme gominé lui tenait la dragée haute. Sans aucun complexe, M. Djian agitait les devis de sa main ceinte d'une Rolex en or, prononçant les mots « scandaleux », « escrocs », « rapaces », désignant ainsi les différents corps de métiers qui se font une joie d'intervenir dans les vieux immeubles parisiens : ascensoristes, peintres, plombiers, couvreurs. Il demandait d'autres devis, menaçait de quitter les entreprises historiquement en charge de l'immeuble et exigeait des rabais d'au moins 25 %. Terrorisée par cet homme qui lui rappelait physiquement l'écrivain Paul-Loup Sulitzer, Mme Prusin, du syndic Foncia, transmettait toutes ses demandes. Les entreprises, bien conscientes qu'elles pouvaient perdre un marché juteux, y répondaient toujours favorablement et dans les termes les plus obséquieux. M. Djian avait ainsi fait économiser au conseil syndical plus de trente-huit mille francs sur l'exercice en cours. Aucun des propriétaires de l'immeuble ne l'aurait remercié de vive voix ; dans les réunions, tous se contentaient lâchement de ne pas prendre la parole ou s'entendaient avant, en conciliabule réduit, d'une phrase prononcée à mi-voix : On va laisser Djian s'occuper de ça...

Bernard attendait l'ascenseur – un Roux-Combalusier 1911 dont la récente remise en état de la cabine avait été négociée à 30 % de moins que son devis initial – quand M. Djian en sortit. Bonjour cher voisin, lui dit Bernard d'un ton enjoué. — Bonjour, répondit M. Djian, surpris par cette bonne humeur matinale. — Je tenais au nom du conseil syndical à vous remercier pour la remise en état de notre cabine d'ascenseur. — Je n'y suis pour rien, se défendit M. Djian. — Si, si, plaida Bernard en levant l'index, grâce à vous, nous avons obtenu un devis correct, et ce n'est pas la première fois, vous êtes un atout précieux dans la gestion de ce vieil immeuble. M. Djian bredouilla quelques remerciements avant que son regard ne se pose sur « *Libé* ». Lui-même tenait son exemplaire à la main. — Vous lisez *Libération*, monsieur Lavallière ? — Absolument, je le lis et je l'apprécie, il faut avoir un point de vue large sur l'époque : *Le Figaro*, *Le Monde*, *Libération*, il faut les lire pour comprendre un peu son temps. — Vous avez raison, acquiesça son voisin en s'effaçant pour lui céder le passage vers l'ascenseur. — Dites-moi, vous aviez eu la gentillesse de nous inviter à un apéritif chez vous, il y a quelques mois de cela, j'étais débordé. — Nous le sommes tous, déplora M. Djian. — Je me ferais une joie de m'y rendre, j'ai beaucoup de temps ces semaines-ci, votre date sera la mienne. — Vendredi ? proposa M. Djian, pris de court. — Très bien, vendredi, c'est noté. En entrant chez lui, Bernard Lavallière accrocha son chapeau et sa gabardine à la patère puis, après avoir jeté un regard mauvais au tableau-horloge, posa le journal sur la table au milieu des croissants du petit déjeuner. Charlotte s'étouffa dans son Darjeeling, ses deux fils le regardèrent avec incompréhension. — Mais enfin, où est *Le Figaro* ? demanda-t-elle avec angoisse. — Je ne l'ai pas acheté, répondit Bernard, il faut changer de temps à autre. Puis il s'installa, se versa un café sous les yeux de sa famille, déplia ce qu'il avait jusqu'alors toujours nommé *le torchon de Serge July* – ce que Charles-Henri, son fils aîné, ne manqua pas de lui rappeler. — Tu l'as déjà lu ? lui demanda son père en baissant le journal. Devant le silence de sa progéniture, il déclara d'une voix péremptoire qu'il serait temps de savoir un petit peu de quoi on parle avant de tout critiquer. Puis il ajouta : Nous prendrons l'apéritif chez les Djian vendredi.

Au sortir d'un rendez-vous avenue de l'Opéra, Bernard choisit de ne pas revenir chez Axa. Les affaires en cours pouvaient attendre le lendemain. Il était cinq heures moins le quart et après le petit orage qui l'avait retenu sous le porche de l'immeuble, il se dit qu'une promenade solitaire lui ferait le plus grand bien. Ses pas le portèrent jusqu'au Palais-Royal et il se retrouva sur « les deux plateaux », plus connus sous l'appellation de « colonnes de Buren ». L'aménagement de la cour du ministère de la Culture avait fait couler beaucoup d'encre. *Le Figaro* était monté en première ligne pour dénoncer cette agression faite aux monuments historiques. L'installation des colonnes avait fait l'objet de plusieurs questions lors des séances au Parlement puis de nombreux recours en justice, et même suscité la création d'associations de défense et de centaines de pétitions. Bernard avait même signé l'une d'elles.

Au flamboyant Jack Lang, tout en sourires cauteleux et brushing bouclé, avait succédé François Léotard avec son physique de lieutenant triste. Dès son arrivée à la Culture, il avait étudié l'hypothèse d'une destruction des travaux en cours mais aussitôt renoncé – elle aurait coûté bien plus cher que leur achèvement. Bernard, opposé aux colonnes de Buren par principe, ne les avait pourtant jamais vues de près. Les piliers noir et blanc se reflétaient dans les flaques d'eau. Avec leurs hauteurs différentes, cela créait un effet visuel des plus esthétiques. Pourquoi donc cette œuvre avait-elle soulevé tant de polémiques ? Il se souvenait très bien de la cour d'honneur avant les travaux – il n'y avait qu'un parking avec des rangées de voitures. Tant d'acharnement pour défendre... un parking ? Des enfants jouaient à sauter sur une des plus petites colonnes puis ils se lançaient à pieds joints par terre et recommençaient à l'infini. Un peu plus loin, des touristes regroupés autour d'une grille jetaient des pièces sur le sommet d'une autre, qui prenait racine cinq mètres plus bas sur une dalle de bitume traversée régulièrement par une coulée d'eau. Une Japonaise arriva à jeter son franc juste au centre du sommet et battit des mains avant de faire un sourire à Bernard.

Passé les guichets du Louvre, ce fut le choc. La pyramide était sortie de terre. Si ses panneaux de verre Saint-Gobain étaient encore loin d'être posés, la structure même était déjà là, et les échafaudages d'acier disposés en paliers la faisaient ressembler à celle de Saqqarah. Bernard en retira son chapeau. La modernité était là, devant lui, et cela par la volonté d'un homme, celui dont il avait défendu le nom. Le chantier titanesque du Grand Louvre avait permis la découverte de vestiges remontant au néolithique et depuis les premiers coups de pioche, c'était tout un Paris englouti qu'avaient retrouvé avec passion les archéologues. À qui devait-on tout cela ? À Mitterrand bien sûr, avec ses grands travaux : l'Opéra-Bastille, la pyramide du Louvre, l'Arche de la Défense, qu'il vit presque achevée en se retournant. François Mitterrand savait marquer son temps, il savait s'inscrire dans l'Histoire, et dans le présent. Poser une pyramide en verre devant le

Louvre, des colonnes à rayures dans le Palais-Royal, une arche au bout de la perspective de l'Arc de Triomphe, relevait d'une volonté parfaitement anti-conservatrice, iconoclaste. Limite punk.

Les palissades de l'immense chantier étaient recouvertes de graffitis surprenants, exécutés à plusieurs mains à la manière d'une longue fresque ésotérique. Bernard s'approcha d'un des motifs, qui tenait plus de la peinture que du graffiti : un hippopotame rose dans le corps duquel l'artiste avait peint d'autres hippopotames, plus petits et bleus ceux-là. Le gros hippopotame tirait une sorte de langue électrique qui s'achevait en spirale, plus loin une silhouette d'homme à tête d'oiseau tenait un revolver géant sur lequel se perchait un chat jaune aux yeux dilatés. Des œuvres fortes, inattendues, et pleines de sève. Quelle créativité, quelle imagination ! se dit Bernard, et la fresque se poursuivait tout autour de l'ancienne cour Napoléon. Une heure entière n'aurait pas suffi à suivre ce long et hermétique rébus des Temps modernes. Il fit quelques pas à reculons pour contempler à nouveau l'immense squelette de la pyramide.

C'est une horreur, n'est-ce pas ? Bernard se retourna vers un homme en manteau de cachemire poil de chameau et barbiche grise. Comme si on avait besoin d'une pyramide devant le Louvre... dit-il avec dédain. — Mais si, on en a besoin, lui répliqua Bernard, contenant tant qu'il le pouvait sa colère. On a besoin d'une pyramide à cet endroit précis, on a besoin des colonnes de Buren. On a besoin de tout ça, vous et les autres vous ne comprenez rien et le reste vous échappe ! — Oh ! si, j'ai compris, fit l'autre dans un croassement, avec votre chapeau noir et votre écharpe, j'aurais dû m'en douter, vous êtes de l'autre bord, grand bien vous fasse. Et il tourna les talons. Bernard le regarda s'éloigner. La première fois, ce furent des questions pernicieuses : « Seriez-vous devenu de gauche, Bernard ? » Cette fois le cap était franchi, c'était une affirmation. Ceux de son monde ne le reconnaissaient plus comme un des leurs. Parfois la vie vous emmène sur certains chemins, c'est sans s'en apercevoir que l'on a pris la bifurcation, le grand GPS du destin n'a pas suivi le trajet prévu et aucun panneau ne vous a indiqué le point de non-retour. Ce triangle des Bermudes de l'existence est à la fois un mythe et une réalité. Une seule chose est certaine : après être entré dans ces turbulences, jamais plus vous ne reprendrez votre route initiale. Dans le regard des autres, il était de gauche. L'enfer, c'est les autres, avait dit Sartre, grand homme de gauche, et il avait bien raison, l'enfer c'étaient les Vaunoy, Jean-Patrick Teraille et le colonel Larnier. Toutes ces punaises à l'esprit étroit, accrochées à leurs convictions comme la moule à son rocher. Cette charge qu'il effectuait contre tous les principes qui avaient été les siens et qu'il voyait désormais tomber les uns après les autres lui donnait des ailes. Comment Machiavel l'avait-il formulé ? Avoir l'esprit assez flexible pour se tourner à toutes choses, selon ce que le vent et les accidents de la fortune commandent. Tandis qu'il repassait sous les guichets du Louvre d'un pas alerte, il sentit qu'un profond changement s'opérait en lui. Plus qu'un changement, une métamorphose. Il posa sa main sur son chapeau pour qu'il ne s'envole pas. Plus il appuyait dessus, plus il lui semblait avoir l'esprit libre et dégagé. C'était comme s'il était revenu très loin en arrière. À son adolescence, cette période où la vie semble longue et où tout est encore possible.

De retour rue de Passy, Charlotte lui annonça que M. Djian annulait son apéritif de vendredi. Dépité, Bernard demanda s'il avait changé d'avis. Pire que ça, lui répliqua sa femme, il nous invite chez Jacques Séguéla.

M. Djian s'était trompé dans son agenda, bien sûr qu'il n'était pas libre vendredi, c'était le soir où le publicitaire organisait une grande fête pour célébrer l'arrivée de son portrait par Andy Warhol. Le tableau était bloqué à la Factory de New York depuis le décès de l'artiste l'année passée. Séguéla venait de le récupérer et souhaitait célébrer l'événement. Reporter son voisin qui avait enfin accepté l'apéritif avait chiffonné M. Djian une bonne partie de l'après-midi, lorsqu'une idée lumineuse lui était venue : demander s'il pouvait venir accompagné. Séguéla ne dirait pas non. Cette généreuse idée engendra deux étages plus haut ce que l'on pourrait nommer *une crise conjugale*. Il est hors de question que j'aille faire des ronds de jambe aux parvenus de la gauche ! s'emporta Charlotte, tu iras t'amuser avec tes nouveaux amis sans moi. Charles-Henri, le fils aîné, demanda s'il pouvait venir et se fit rétorquer vertement par sa mère qu'il avait sa soirée de rallye ce jour-là. Plus personne n'évoqua le sujet jusqu'au vendredi. Bernard, sous le regard désapprobateur de sa femme, revêtit son complet prince-de-galles, enfila son imperméable Burberry et se couvrit de son feutre noir. — J'y vais, dit-il sobrement. Charlotte baissa son livre et le regarda partir sans un mot. Bernard descendit deux étages et sonna chez les Djian. Ma femme est souffrante, rien de grave, annonça-t-il.

La Rolls décapotable filait dans les avenues de Paris. À l'arrière, Mme Djian, les cheveux au vent et le regard dans le vague, lui fit penser à ces actrices italiennes très belles et inaccessibles des années 1960. M. Djian introduisit un disque argenté dans l'autoradio. Le son laser. Des accords de guitare électrique et de clavecin synthétique retentirent dans la Rolls. C'est le groupe Images, ce sont des amis de ma fille, ma fille aînée, c'est un numéro un au Top 50, précisa-t-il en mordant son cigare. La Rolls fit une embardée, grillant un feu rouge, et Bernard se mit à rire – un rire d'étonnement, de stupéfaction – il n'avait pas ri ainsi depuis des décennies. Peut-être même jamais. *Ils m'entraînent au bout de la nuit / Les démons de minuit*, chantait le groupe dont il avait déjà oublié le nom, mais leur tempo faisait trembler tous les immeubles et même le ciel sans étoiles de Paris. M. Djian suivait la mesure en dodelinant de la tête, et Bernard eut l'impression que la Rolls ne touchait plus le bitume, même les feux des voitures lui apparurent comme des petites flammes de joie dans l'obscurité. C'était une de ces nuits qui ressemblent aux nuits enchantées de la jeunesse, pleines de fêtes, de liberté et d'interdits – celles que, bien sûr, on n'a jamais vécues autrement qu'en songe. Les auteurs de ce tube étaient numéro un des ventes, il roulait en Rolls-Royce vers le pape de la pub, conduit par un homme qui négociait tous ses prix à moins 30 %. Que des vainqueurs.

Plus ils approchaient de l'adresse, plus les voitures changeaient, comme si la façade de l'hôtel particulier possédait un champ magnétique qui transformait alentour les carrosseries en Porsche Carrera, Rolls Silver Spur et autres Lamborghini. Deux hommes du service de sécurité leur demandèrent poliment leurs cartons, cochèrent les noms sur leur liste et la grille s'ouvrit. Dans le hall en marbre, ils laissèrent leur vestiaire à des jeunes filles aux jambes immenses puis ils suivirent la musique, un rock, à moins que ce soit de la pop, parlé en allemand syncopé et dont le refrain, à ce qu'il comprenait, était *Rock me Amadeus*. Dans l'immense salle de réception, il devait bien y avoir trois cents personnes qui parlaient bruyamment, une coupe de champagne à la main. Deux joueurs de saxophone à lunettes noires et costumes de soie blanche jouaient des variations sur la chanson, perchés sur des cubes dorés, tandis qu'une boule à facettes de la taille d'une planète tournait sur elle-même au plafond. Des serveurs, habillés dans des tenues rouges de pompistes, passaient des plateaux de petits-fours. Je vais vous le présenter, dit M. Djian, et ils entrèrent dans la foule. Des filles s'y déhanchaient avec la souplesse d'algues marines, elles avaient des mèches bleues dans leurs coiffures à la lionne, et la plupart ne portaient qu'une seule boucle d'oreille. Beaucoup d'hommes affichaient le catogan dans la nuque et certains arboraient à leur veste la petite main jaune de « Touche pas à mon pote ». Soudain, Jacques Séguéla surgit devant lui en compagnie du sculpteur César, qui était vraiment de très petite taille et devait se mettre des bigoudis dans la barbe pour qu'elle ait l'air aussi fleurie. Séguéla portait une veste violette et un sous-pull noir. Les deux mains posées sur les épaules de César, il racontait comment celui-ci avait compressé sa collection de boîtes en fer publicitaires pour la transformer en *œuvre*, puis il tourna les yeux vers Djian. Tu es venu, lui dit-il dans un sourire qui gonfla ses pommettes bronzées, et voilà la plus belle – il se pencha vers Mme Djian et l'embrassa longuement dans le cou. M. Lavallière, dit Djian. — Soyez le bienvenu, lui répondit l'homme des campagnes Citroën, vous n'avez pas de champagne… Champagne ! cria-t-il, et l'un des pompistes en rouge s'approcha d'eux. — Je reviens, lui fit Djian, je vous confie ma femme, mais celle-ci s'éloigna vers un autre groupe. C'est là que se fait l'époque, se dit Bernard, je suis au cœur de l'époque. Un peu de champagne éclaboussa son veston. — Désolé, s'excusa Bernard Tapie en lui frottant l'épaule, ça ne tache pas, santé ! ajouta-t-il dans un large sourire. Bernard choqua sa coupe contre celle de cet autre Bernard qui avait été successivement pilote de course, chanteur, homme d'affaires, patron d'une équipe cycliste, patron d'un club de football, animateur télé et bientôt homme politique. Il se sentait parfaitement décalé, plus encore qu'Hibernatus, puis il s'enfonça plus loin dans la foule en ayant perdu tout espoir de retrouver Djian.

C'est génial, hein, d'avoir son portrait par Warhol ? L'homme en complet et tee-shirt noir, une cigarette au bout des doigts, lui évoquait un visage déjà aperçu – probablement à la télévision –, pourtant Bernard n'arrivait pas à mettre un nom dessus. Il avait une coupe de cheveux très collège et un curieux sourire en rictus. Oui, c'est un grand privilège, dit sobrement Bernard. — C'est ça, exactement, fit l'autre, un grand privilège, je retiens la formule, et il s'éloigna. Tu sais quoi ? C'est un grand privilège d'avoir son portrait par Warhol, répéta-t-il aussitôt à un homme à cheveux blancs et catogan qui opina du chef. Le Warhol était posé sur un socle en velours protégé par une vitre pare-balles. On y voyait le visage du publicitaire en quatre exemplaires, surligné en orange et en blanc. Des motifs géométriques rouges et mauves se superposaient en un effet de prisme plutôt seyant. — Vous êtes comme Ardisson, vous délirez sur Warhol ? Il se retourna sur un homme mince à la barbe poivre et sel taillée court façon papier de verre. — Je ne sais pas, dit Bernard en regardant à nouveau le tableau, c'est déjà un peu le passé, Warhol, non ? affirmat-il pour se donner une contenance. L'autre le regarda avec attention et Bernard lui raconta sa découverte des colonnes de Buren, de la pyramide du Louvre et de ces graffitis sur les palissades, ces formes neuves, cet hippopotame. Il se surprit lui-même en employant plusieurs fois le mot *radical*. Moi aussi, je vais faire mes grands travaux, conclut-il en vidant sa troisième coupe de champagne. — C'est Basquiat qu'il vous faut. L'homme à la barbe de trois jours avait lâché cette sentence d'une voix grave. Vous connaissez Jean-Michel Basquiat ? Bernard hocha négativement la tête. Il est encore accessible, voici la carte de ma galerie. — Tu parles encore de Basquiat ? le coupa un homme aussitôt rejoint par un autre qui faisait tanguer sa coupe d'un air moqueur. — Ne les écoutez pas, ce sont des gens des musées. La conversation fut vive, d'après ce que comprit Bernard, une exposition allait avoir lieu au Centre Pompidou, intitulée « L'époque, la mode, la morale, la passion » afin de mettre en lumière les courants artistiques internationaux des années 1980 et personne n'avait cru bon d'y représenter des œuvres de ce Basquiat. — Honte sur vous ! leur dit l'homme à la barbe papier de verre. Et tandis que les trois se tenaient tête sur ce mystérieux peintre, Bernard attrapa une nouvelle coupe de champagne et songea à son aïeul. Charles Édouard était un homme avisé, nul doute, mais comme bon nombre de bourgeois de son époque, il était passé à côté des impressionnistes. Un seul Monet, un seul Renoir – que dire d'un Gauguin ou

155

d'un Van Gogh – valait aujourd'hui cent fois le patrimoine qu'il avait accumulé sa vie durant. Au lieu de cela, les Lavallière avaient manifesté un goût douteux pour les paysages de ruines – tout un programme – sans même avoir le discernement d'acheter de bons peintres. Une image odieuse s'imposa à son esprit : le petit paysage avec son horloge cassée. Très bien, je veux un Basquiat, dit-il en vidant sa coupe de champagne, mais personne ne releva. Vous entendez ? Je veux acquérir un Basquiat, tout de suite, maintenant. — Vous allez mettre cent cinquante mille francs dans un Basquiat ? lui demanda l'homme du musée. — Oui, parfaitement, répliqua Bernard. L'homme à la barbe papier de verre lui demanda un quart d'heure pour aller chercher sa voiture.

Un plateau de petits-fours au saumon passa devant lui, il en saisit un, puis les sonos enchaînèrent sur un morceau scandé par une femme qui suppliait « Andy » de lui dire oui. Cent cinquante mille francs, ce n'était pas donné, certes, mais plus rien n'avait d'importance. Au besoin, il vendrait un des petits appartements de l'aïeul, ce qui représentait au passage bien plus que cent cinquante mille francs et permettrait l'achat de plusieurs Basquiat. Dieu, que c'était bon d'être dans les années 1980 et d'en profiter, il ne s'était pas senti aussi vivant depuis des lustres. M. Djian revint vers lui en s'excusant d'avoir autant de monde à croiser. Vous ne vous ennuyez pas, j'espère ? lui dit-il. — Pas du tout, je vais acheter un tableau. — Bravo, fit-il, admiratif, avant de s'éloigner. Un peu plus loin, Jack Lang devisait avec une blonde qui fumait une cigarette Sobranie à bout doré, elle devait être actrice ou chanteuse mais, une fois encore, Bernard n'arrivait pas à mettre un nom sur ce visage. Quand la femme s'éloigna, il s'approcha de Lang pour l'entretenir des colonnes de Buren. Il lui raconta qu'il y avait vu des enfants jouer et des touristes y jeter des pièces de monnaie, ces anecdotes coulèrent comme un miel dans les oreilles de l'ancien ministre. Il regarda Bernard dans les yeux : Les gouvernements passent, le mouvement de la vie reste le plus fort, dit-il dans un sourire complice et solennel, puis il posa sa main sur l'avant-bras de Bernard, tout cela fait partie d'un grand élan de création, d'un travail en profondeur sur l'époque. Rejoignez mon mouvement Allons z'idées, dit-il en sortant un autocollant de sa poche, présentant une photo de lui très *warholisée*. Puis le ministre fut happé, il y eut un petit mouvement dans les invités et Bernard se retrouva de nouveau à côté de Jacques Séguéla qui disait : L'argent n'a pas d'idées, seules les idées font de l'argent... et notre métier, c'est d'avoir des idées. En se frayant un passage vers la sortie, il frôla Serge July qui affirmait à un homme au crâne rasé qu'on ne savait plus très bien où commençait la culture et où finissait la publicité. Bernard récupéra son vestiaire, enfila son trench Burberry et posa son chapeau sur sa tête. Il en lissa le bord et fendit la foule une dernière fois pour prendre congé de son hôte. Une image vaut mille mots, Mao Zedong, disait maintenant Jacques Séguéla à un groupe de jeunes gens qui buvaient ses paroles, puis son regard se posa sur Bernard. Celui qui faisait commerce de ses fulgurances géniales en eut une bien involontaire : C'est le chapeau de Mitterrand ! s'exclama-t-il en pointant le feutre du doigt. Et tous de rire à la plaisanterie de l'homme de la Force tranquille.

Le galeriste alluma les néons qui crépitèrent un temps avant de se stabiliser. Bernard avait gardé son chapeau sur la tête. Les mains dans les poches, il attendait que l'autre lui sorte les « Basquiat ». Pourquoi n'est-il pas dans les musées ? demanda Bernard. — Parce qu'il est jeune et qu'il est noir, dit le galeriste. En plus, il est noir, songea Bernard. — Tenez, c'est lui, ajouta-t-il en désignant une petite photo encadrée sur le mur. Bernard découvrit le visage d'un jeune sorcier au regard profond et aux cheveux ébouriffés. — Jean-Michel, c'est un prénom français. — Oui, d'Haïti, Basquiat vient de là. — Il parle français ? — Quand il veut, dit le galeriste dans un sourire. Puis il sortit trois toiles dont Bernard ne vit tout d'abord que les châssis de dos. — Fermez les yeux, apprêtez-vous à voir l'œuvre naissante d'un génie.

Les trois toiles possédaient en effet quelque chose des dessins de la palissade du Louvre, pourtant elles portaient en elles une force à la fois tribale et urbaine qu'il n'avait jamais ressentie jusque-là. Élevé aux paysages du XVIIIe siècle, Bernard n'était pas préparé à un tel choc. La puissance qui s'en dégageait avait quelque chose de presque radioactif. Les traits, les silhouettes, les petits avions et les phrases raturées explosaient comme le message brouillé d'une civilisation disparue et que l'on retrouverait dans cinq mille ans ; la nôtre. Les toiles enfermaient dans leurs cadres le message lointain des tout premiers rites de l'humanité. Les incantations des fêtes et les prêches magiques des cérémonies funéraires venues du fond des temps y fusionnaient avec le bruit des avions et les sirènes des voitures de police. Des hommes aux silhouettes carbonisées, comme pourvus de masques, fixaient le spectateur tandis que des avions enfantins passaient dans le ciel, heurtant des mots qu'on aurait crus sortis d'un scrabble éparpillé par un fou. Bernard resta muet plusieurs minutes devant les tableaux, son regard ne pouvait s'en détacher, à la manière de ces rongeurs hypnotisés lors d'une confrontation avec un serpent.

C'était la rupture définitive. Un autre Bernard Lavallière naissait ce soir entre les murs de béton froids et humides d'une galerie d'art contemporain. Même s'il était évident qu'à ses proches et à sa famille les œuvres de Jean-Michel Basquiat feraient l'effet d'un lever de soleil sur un vampire, poser « ça » sur les murs de son salon était un acte fondateur. Celui d'un homme érudit, en prise avec son époque. Quels sont leurs noms ? demanda-t-il doucement. Le marchand fit les présentations, de gauche à droite : *Sangre Corpus*, *Wax Wing*, et *Radium*.

Je voudrais 30 % si je prends les trois. — 15 %…, répondit le marchand.

La semaine qui suivit, Bernard commença ses grands travaux, au propre comme au figuré. Ce changement radical s'accompagna de la venue d'une équipe de peintres. Sous le regard horrifié de sa femme, les moulures furent détruites au plafond et

le tissu mural arraché pour faire place à une peinture blanche, immaculée. Les commissionnaires de
la salle Drouot vinrent prendre ses meubles de famille
et c'est sans aucun regret que Bernard vit partir la
commode Louis XVI et les deux vases Ming, le cartel en bronze doré avec Diane chasseresse et un
faon ; le petit meuble Louis XIII, la série de six fauteuils Louis XVI, le tabouret Louis-Philippe et le
secrétaire de la même époque. Puis les tableaux
de paysages début XXe représentant des ruines, ainsi
que le pastel de la femme au regard tourné vers le
ciel, la tapisserie d'Aubusson et même le lustre en
cristal Charles X. Avec une joie non dissimulée, il
avait demandé que le tableau-horloge soit vendu
sans prix de réserve. Charlotte Lavallière, née Charlotte de Gramont, rapatria dans son boudoir ses
meubles de famille. Tout le reste partit à la salle
des ventes. Seul le portrait de Charles-Édouard
Lavallière survécut à cette apocalypse organisée et
c'est sous ce regard figé par un pinceau en 1883
qu'arrivèrent un matin les Jean-Michel Basquiat.
Charlotte assura qu'elle allait demander le divorce,
mais ne mit pas sa menace à exécution. Bernard
transigea : un Basquiat dans le salon, les deux
autres dans son bureau chez Axa. Ils furent les premiers d'une longue série, et Bernard vendit un petit
appartement hérité de l'aïeul pour assouvir sa nouvelle passion picturale. Et si la gauche revenait en
1988 ? commençait-on à murmurer dans les milieux
d'affaires, Bernard serait un atout précieux. Lavallière est socialiste ? demandaient certains. — Bien
sûr, répondaient d'autres, c'est un mitterrandien de
la première heure. Ce coup d'accélérateur artistique
avait déteint sur sa vie professionnelle. Chez Axa,
Bernard fut très vite considéré comme un homme à
la pointe. On le retrouvait photographié lors de divers
vernissages dans les pages people de *Vogue* ou *Elle*,

que sa secrétaire se faisait un plaisir de faire passer dans le service. On pouvait le voir, une coupe de champagne à la main, aux côtés de Jack Lang ou Pierre Arditi. Il sympathisa aussi avec Claude Berri – bien que les deux hommes ne tombassent jamais d'accord sur les monochromes blancs de Ryman. Le célèbre producteur l'emmena même un après-midi chez Gainsbourg, où Bernard se heurta, contre toute attente, à un homme plutôt rigide question peinture, et qui lui fit la leçon sur les nus de Cranach qu'il plaçait au-dessus de tout dans l'histoire de l'art.

Un matin qu'il sortait chercher son « *Libé* », eut lieu un de ces événements soudains, inattendus, parfaitement insolites et absurdes de la vie, que les journalistes peu renseignés sur les fondamentaux du mouvement édicté par André Breton aiment à qualifier de « surréalistes » : Bernard se fit voler son chapeau. L'acte ne prit qu'une poignée de secondes : ce fut si rapide qu'il n'eut même pas la présence d'esprit de crier, encore moins de courir après son agresseur. Il resta interdit sur le trottoir, légèrement décoiffé.

Daniel Mercier eut l'impression d'être le XV de France à lui tout seul. Il n'avait jamais couru aussi rapidement et aussi longtemps dans les rues. Il s'arrêta contre une porte cochère pour reprendre son souffle. Contempla le chapeau, vérifia aussitôt que les initiales présidentielles se trouvaient bien sur la bande de cuir intérieure. Oui. C'était bon, c'était lui. Il l'avait récupéré. Et cela au prix d'une enquête qui avait mobilisé toute son attention durant plusieurs mois.

Lorsqu'il avait reçu la dernière lettre de Pierre Aslan, il avait reconstitué les éléments de la soirée où le parfumeur l'avait perdu dans la brasserie. Un homme dont les initiales étaient B. L. était reparti avec le chapeau de Mitterrand. Il avait l'adresse et la date de cette soirée. Il ne lui restait qu'une seule carte à jouer : l'agenda de la brasserie, celui des réservations. Les clients qui téléphonent pour retenir une table sont obligés de donner leurs noms. La page de cet agenda en contenait peut-être un qu'il pourrait identifier comme le mystérieux B.L. Daniel avait annoncé ses conclusions avec des airs de comploteur à sa femme. Tu vas devenir fou avec ce chapeau, lui avait prédit Véronique. — Je veux aller jusqu'au bout, s'il reste une toute petite chance, je dois la tenter, avait-il rétorqué. Un samedi matin,

163

Daniel avait pris sa voiture pour Paris et s'était rendu à l'adresse indiquée par Aslan. En arrivant, il avait constaté que toutes les brasseries se ressemblaient, avec leurs grands stores rouges, leur écailler dehors et leurs serveurs en tabliers blancs. Le maître d'hôtel avait ouvert un large cahier rectangulaire en cuir bordeaux. Daniel Mercier... Oui, table 15, garçon ! Accompagnez monsieur. L'objet de sa convoitise était entre les mains d'un quinquagénaire aux cheveux gris qui n'avait pas l'air homme à se laisser amadouer, encore moins manipuler. Durant tout le trajet sur l'autoroute, il avait remué les multiples façons de consulter l'agenda de la brasserie. De la plus simple : profiter que le maître d'hôtel le pose près de la caisse pour l'ouvrir discrètement, jusqu'à la plus risquée : le lui arracher des mains et décamper avec à toutes jambes. Sur cette option-là, Daniel s'était aussitôt imaginé coursé par une meute de garçons de café, à la manière du final de *Benny Hill*, qui s'achevait toujours par une poursuite délirante en accéléré. Il avait même envisagé de soudoyer le maître d'hôtel et retiré à sa banque un billet de cinq cents francs à cet effet. À regarder l'allure de l'homme qui accueillait maintenant un couple d'Anglais, il n'accepterait jamais. Le cahier en cuir bordeaux passa devant lui plusieurs fois, comme s'il le narguait : tu vois, je ne suis pas loin, je suis dans les mains du maître d'hôtel et tu ne pourras jamais m'ouvrir.

Pour se calmer, il commanda douze huîtres, une bouteille de pouilly-fuissé et un saumon à l'aneth. Il but son premier verre d'un trait, le vin glacé le rassura un peu. Il allait trouver une solution, laquelle, il l'ignorait, mais il ne repartirait pas d'ici sans avoir son information. Quand la cuillère de vinaigre à l'échalote se répandit sur l'huître un peu laiteuse, Daniel retint sa respiration. Il détacha le mollusque à l'aide de la petite fourchette plate, le porta à ses lèvres et ferma les yeux. Sitôt que l'iode mêlé de vinaigre arriva sur ses papilles, il l'entendit, aussi distinctement que la toute première fois : « Je l'ai dit à Helmut Kohl, la semaine dernière... » Depuis le dîner *en compagnie* du chef de l'État, le phénomène se reproduisait à chaque fois qu'il mangeait des huîtres au vinaigre.

Sa dernière huître avalée, son regard se porta sur le bar. Des clients qui ne déjeunaient pas y consommaient des cafés, des kirs ou des verres de sauvignon en lisant *Le Parisien*. Certains devaient être des habitués puisque le jeune barman leur serrait la main. Un blond aux cheveux très courts qui ne devait pas avoir plus de vingt-deux ou vingt-trois ans. Lorsqu'il ne remplaçait pas un ballon de blanc pour les habitués du comptoir, il préparait les cafés pour la salle et remplissait les pichets. Il devait débuter dans le métier, ne pas être très bien payé, et ne bénéficiait pas des pourboires des garçons en salle. C'est lui, songea Daniel sans le quitter des yeux. Lui, qui va accepter mon billet de cinq cents francs. Lui, mon cheval de Troie pour entrer dans l'agenda en cuir bordeaux.

Une fois son déjeuner réglé, et un pourboire de dix francs laissé dans la soucoupe argentée, Daniel se leva, respira profondément et se dirigea vers le bar où maintenant seuls deux consommateurs finissaient un kir pour l'un et un demi pour l'autre. Daniel se percha sur un tabouret, fit mine d'ouvrir *Le Parisien*. Qu'est-ce qu'on vous sert, monsieur ? lui demanda le jeune homme. — Un café. Il fit durer son expresso le temps que les deux hommes du comptoir veuillent bien dégager, priant que d'autres ne se pointent pas. Le client au demi se leva et partit sans un mot, imité bientôt par le buveur de kir qui serra la main du barman. Voilà, Daniel était seul. Je vais reprendre un autre café, dit-il. Le jeune homme se saisit de la poignée porte-filtre, y fit tomber la dose de café et la serra dans la machine. Daniel passa la main dans sa veste et en sortit son portefeuille. Combien vous dois-je ? — Deux cafés, huit francs, monsieur. Il sortit le compte en pièces et glissa discrètement son billet de cinq cents francs dans sa paume. Le jeune homme vint lui déposer son café puis récupéra la monnaie. Il choisit ce moment pour déplier son Pascal sur le marbre. Le barman posa les yeux sur le billet puis les leva vers Daniel qui le regardait fixement. On peut faire quelque chose tous les deux, lui dit-il avec une conviction appuyée dans le regard. — Non, franchement, je ne crois pas, lui répondit le jeune homme avant de repartir vers son percolateur. — Cinq cafés pour la douze ! annonça un garçon. Le barman sortit les tasses puis revint vers Daniel et se pencha vers lui : Je ne suis pas pédé, d'accord ? dit-il à mi-voix. Daniel avait tout envisagé, sauf ça. Abasourdi qu'on puisse prendre sa démarche pour du racolage, il tâcha de rattraper le malentendu au plus vite. Une idée – qu'il qualifia plus tard lui-même de géniale – lui traversa l'esprit : Moi non plus, s'entendit-il répondre, je suis détective privé. Le jeune homme tourna les yeux vers lui. Un sourire à la fois incrédule et émerveillé se dessinait sur son visage. À cet instant, Daniel sut qu'il avait gagné. La profession mythique devait sûrement éveiller chez son interlocuteur des images de cinéma et de feuilletons télévisés puisqu'il laissa ses cafés. Sérieux ? demanda-t-il. — Très sérieux, répondit Daniel, cela concerne l'agenda de ce restaurant, si vous m'aidez, ce billet est à vous. — Je vous écoute, dit le barman se rap-

prochant de lui. — Alors, ils viennent, ces cinq
cafés ? cria un garçon.

Ses lectures de Nestor Burma lui étaient inconsciemment revenues à l'esprit, et plus encore les épi-
sodes de Mike Hammer que ne manquait jamais
Véronique sur Canal +. Lorsqu'il annonçait qu'il
était détective privé, Stacy Keach attirait immédia-
tement l'attention de son interlocuteur. La démons-
tration fonctionnait à merveille dans la vie réelle ;
qui plus est, l'Américain comme le Français étaient
affublés de chapeaux de feutre, ce que Daniel ne
manqua pas d'interpréter comme un excellent présage concernant son affaire. — Je vais me
débrouiller, revenez à dix-neuf heures, lui avait dit
Sébastien – le prénom s'affichait sur sa gourmette
argentée. Daniel poussa son rôle jusqu'à déchirer le
billet en deux, annonçant que l'autre moitié serait
pour ce soir. Il avait ensuite passé un après-midi
parfaitement désœuvré dans Paris. Allant même
jusqu'au parc Monceau où Mlle Marquant disait
avoir abandonné le chapeau sur un banc. Daniel
s'était assis sur l'un d'eux en se remémorant le récit
de la nouvelle qui avait obtenu le prix Balbec. L'histoire comportait une suite, et cela, Fanny Marquant
ne le saurait jamais.

À dix-neuf heures précises, il poussa la porte de
la brasserie et se rendit au comptoir. Trois hommes
sirotaient leurs consommations tandis que Sébastien essuyait des verres. Daniel et Sébastien se
regardèrent. Un café, annonça-t-il. Le jeune homme
fit glisser son torchon sur l'épaule, prit la poignée
porte-filtre, fit tomber la dose de café et la serra dans
la machine. Le sifflement de vapeur retentit, il leva la
main vers une étagère du bar, y prit *Le Parisien* et
s'approcha de Daniel. — Page 21, murmura-t-il avant

de retourner à son bac de verres. Daniel ouvrit le journal en retenant son souffle, page 12, page 18, page 21... une photocopie de la page de l'agenda s'y trouvait. Il avait réussi. Ses yeux glissèrent sur les noms. Qui pouvait être B. L. ? Le premier nom qu'il vit noté par le maître d'hôtel fut « Aslan – 3 personnes ». Suivaient d'autres noms qui ne commençaient pas par la bonne lettre. Et si B.L. n'avait pas réservé, tout comme lui le soir où il avait croisé le Président ? La piste s'arrêterait à jamais, ce serait fini... Par bonheur, entre « Jacques Franquier – 2 personnes » et « Robineau – 5 personnes » un nom sans prénom commençait par L : « Lavallière – 4 personnes ».

Daniel plia la feuille et la glissa dans sa poche. Il sortit discrètement la moitié du billet de cinq cents francs, puis referma le journal d'un geste sec. Sébastien lui apporta son café. Page 21, lui dit Daniel d'un ton dégagé. Bon travail, petit, ajouta-t-il, car il lui sembla que c'est ce qu'aurait dit un détective privé.

De retour chez lui, il composa le 12 qui ne lui donna que trois personnes correspondant à ce nom, un Xavier Lavallière dans le VIIIe, une Hélène dans le VIIe et un Jean en région parisienne. Il y en avait d'autres, mais ils étaient sur liste rouge. Enfermé dans son bureau, il se posta à la fenêtre, observant la ville de Rouen avec le même air contrarié que J.-R. contemplant Dallas du haut de la tour des pétroles Ewing lorsque quelque chose clochait dans ses affaires. Contrairement au héros de la série, il n'avait pas de minibar vers lequel aller se servir un verre. En général, J.-R. trouvait ses meilleures idées à la fin de l'épisode, en sirotant un whisky sur glace. Son visage s'illuminait d'un sourire sardonique et l'image se figeait ; « Executive producer Philip

Capice » s'inscrivait en lettres jaunes sur l'écran. Daniel s'assit dans son fauteuil en soupirant. La télé était restée allumée et dans l'écran muet, le voyou pommadé Jean-Luc Lahaye chantait son amour pour toutes les femmes de la terre – ce qu'il nommait son « bureau » servait aussi de salon de télévision familial avec plateau-repas devant *Champs-Élysées* tous les samedis soir. Daniel appuya sur la télécommande pour couper l'image. Il lui semblait bien qu'il avait passé en revue toutes les possibilités de mettre la main sur le mystérieux Lavallière dont le prénom devait obligatoirement commencer par B, lorsqu'une lueur lui vint à l'esprit, un embryon d'idée pareil à un ver luisant dans la nuit. Il reprit la lettre du parfumeur dans le dossier. « Un chapeau en tout point similaire », avait écrit Pierre Aslan. Donc le même, se dit Daniel au moment où son fils entra dans le bureau, un verre de grenadine à la main, annonçant que c'était l'heure de *K2000*. Oui, oui, deux secondes, mon chéri, murmura Daniel tout en tapant de mémoire le nom du chapelier sur le clavier de son minitel. L'écran télématique lui afficha l'adresse et le téléphone.

Bonjour, dit Daniel d'un ton dégagé, je suis un de vos clients, M. Lavallière, vous ai-je signalé mon changement d'adresse ? — Je ne suis pas au courant, monsieur, lui répondit une jeune femme, je vais prendre le fichier, ne quittez pas, je vous prie. Une longue minute s'écoula, durant laquelle il avala pratiquement tout le verre de grenadine que Jérôme avait posé sur le bureau. Au moment où il desserrait sa cravate, la jeune femme reprit le combiné : Allô, je vais chercher... M. Lavallière... Bernard Lavallière ? demanda-t-elle, et Daniel crut défaillir. — Oui, parvint-il à articuler dans un souffle, quelle adresse avez-vous ? — 16, rue de Passy, dans le XVIᵉ, monsieur.

Daniel raccrocha d'un coup sec et reprit sa respiration. Je l'ai, murmura-t-il. Je l'ai... puis il se laissa retomber dans son fauteuil, comme sonné. — Ça commence ! hurla Jérôme en allant s'installer sur le tapis à un mètre de l'écran. Daniel remit le son. Dans un désert mauve, la Pontiac firebird de David Hasselhoff arrivait du fond de l'écran vers le spectateur. Sur une musique de synthé-batterie des plus entraînantes, la voix off commentait : « Les exploits d'un chevalier solitaire dans un monde dangereux. Un héros des Temps modernes, dernier recours des innocents, des sans-espoir, victimes d'un monde cruel et impitoyable. » Le générique était entrecoupé de séquences où la voiture noire s'envolait dans des cascades invraisemblables. Le thème devenait obsédant et Jérôme en suivait le tempo avec passion tout en dodelinant de la tête. Galvanisé par la musique et les exploits de « Kitt », Daniel se mit aussi à bouger la tête en cadence. Non, rien ne pourrait résister au chevalier solitaire. Maintenant, il en était sûr.

Le week-end suivant, le chevalier solitaire était reparti seul pour la capitale – non pas au volant du bolide noir mais, plus modestement, de son Audi 5 000. Planquant devant le 16, rue de Passy, il avait vu sortir un homme en manteau sombre et chapeau noir. Daniel lui avait emboîté le pas jusqu'au kiosque à journaux. L'homme avait acheté *Libération*. Au feu rouge, il était à quelques centimètres de lui. Les yeux exorbités, il avait regardé le chapeau de feutre. Oui, c'était le sien, il en aurait mis sa tête à couper, il le connaissait par cœur, avec cette légère usure sur la pliure. Il aurait fallu tendre la main vers le chapeau, l'arracher et partir en courant, mais Daniel se trouva incapable d'effectuer cette action, ses jambes pesaient du plomb et s'il tentait de lever la main, celle-ci se mettait à trembler. L'émotion était si forte qu'il ne put même pas traverser le passage clouté lorsque Bernard Lavallière s'y engagea. Soudé au bitume du trottoir, il le suivit des yeux jusqu'au 16, rue de Passy.

Ce soir, il avait vaincu sa peur, il l'avait fait. Il avait récupéré le chapeau de Mitterrand. Essoufflé contre sa porte cochère, il déposa le feutre noir sur sa tête et ferma les yeux. Il avait triomphé de tous les obstacles, à la manière des héros de contes, qui traversent royaumes, rivières, forêts et montagnes à la recherche d'une pomme d'or ou d'une pierre magique qui leur apportera la puissance et la gloire, ou tout simplement le sentiment du défi relevé.

Sa main filait au-dessus de l'eau. Il posa un doigt à la surface, ouvrant une ligne sur l'étendue verte et immaculée de l'Adriatique. Le fuselage noir passa en silence sous l'un des quatre cent vingt ponts de la cité, plongeant Daniel, Véronique et Jérôme dans une ombre brève, puis le soleil revint. Cette idée de retourner à Venise, dix ans après leur voyage de noces, lui était venue lors de sa quête du chapeau. Si je le retrouve, nous irons à Venise, ce sera l'épilogue de cette aventure, s'était dit Daniel. Il avait décidé de revenir au même hôtel dont la terrasse donne sur la Dogana, mais cette fois avec Jérôme, que la visite des prisons du palais des Doges, avec leurs barreaux de fer gros comme le bras, avait fasciné. C'était leur deuxième promenade en gondole depuis leur arrivée – il fallait user de ce transport avec parcimonie car il coûtait une vraie fortune. Daniel, chapeau sur la tête, descendit le premier, il tendit la main à Véronique pendant que son fils sautait directement sur le quai. Il était temps de faire une pause au café *Florian*, sur la piazza San Marco. Tous les trois remontèrent la *calle* Vallaresso, passèrent sous les arches du musée Correr où Véronique avait tenu à revoir la veille le célèbre tableau *Deux femmes vénitiennes* de Carpaccio. Ce fut l'occasion d'expliquer à Jérôme, que oui, c'était le même nom que le plat de viande crue que papa commandait souvent à la pizzeria, mais aussi celui d'un grand peintre. Jérôme avait aussitôt demandé si c'était parce que le peintre aimait ce plat qu'on lui avait donné son nom. Absolument, c'est pour cela, il était très connu dans sa pizzeria, avait tranché son père.

Ce n'était pas la première fois de la journée qu'ils se retrouvaient sur la place – à Venise tous les chemins vous ramènent toujours vers ce cœur battant de la cité lacustre. À chaque fois, c'était un rêve, animé de petites silhouettes, de pigeons, d'ombres et de soleil. Tandis qu'ils se dirigeaient vers le *Florian*, Véronique lui donna un coup de coude : Daniel... dit-elle, le souffle court, regarde qui est là. François Mitterrand avançait sur la place accompagné d'une femme, elle-même suivie par une toute jeune fille brune aux cheveux très longs. Il portait son manteau, une écharpe rouge, mais pas de chapeau. Des pigeons s'envolèrent sur son passage. Daniel n'était pas le seul touriste à s'être figé devant l'apparition présidentielle. Un homme fit un sourire au chef de l'État, que celui-ci lui rendit brièvement en inclinant la tête. Puis il quitta le soleil et s'éloigna sous les Procuraties. Il est là, murmura Véronique, en même temps que nous. Daniel porta la main à son feutre et en lissa doucement le bord. Le chapeau et le Président venaient de passer à quelques mètres l'un de l'autre. Cette pensée était troublante et perturba Daniel tout le temps qu'ils passèrent à boire leurs Coca-Cola en terrasse du *Florian*.

C'était absurde. Bien sûr que François Mitterrand avait les moyens de se racheter un autre chapeau noir, il l'avait sûrement fait, et possédait de toute évidence plusieurs chapeaux – peut-être même en avait-il déjà perdu ou même jeté parce qu'ils étaient usés. Pourtant, c'était comme s'il manquait quelque chose à la silhouette qui représentait la France dans le monde. En le privant de son chapeau, Daniel ne commettait-il pas un acte somme toute très égoïste et sacrilège, à la manière de ces touristes qui emportent dans leurs poches des petits fragments du temple de Louxor ou de l'Acropole dans le but dérisoire de les poser sur une étagère de leur salon ? Ils emmenaient impunément des reliques sacrées sur lesquelles ils n'avaient aucun droit et qui, surtout, ne leur appartenaient pas. Pour la toute première fois, Daniel éprouva un sentiment diffus et contrariant, semblable à celui qui vous envahit lorsqu'on a cassé un objet auquel on tenait.

L'après-midi, ils visitèrent le Bovolo, dont le nom, signifiant escargot, désigne l'escalier extérieur du palais Contarini. Chef-d'œuvre du Quattrocento, la structure en colimaçon de six niveaux était enserrée dans une tour pourvue de multiples arches et de fines colonnes. Du haut, on dominait les toits de Venise, le visage souffleté par le vent. Tu te souviens ? demanda Daniel, tandis qu'ils commençaient la courte ascension. — Le petit cheval... murmura Véronique dans un sourire. Dix ans plus tôt, ils étaient montés au Bovolo après une visite à Murano. Là-bas, un verrier avait exécuté sous leurs yeux un petit cheval en verre qu'il leur avait offert en souvenir. L'après-midi, Daniel l'avait caché dans le Bovolo. L'escalier s'achève par un toit rond constitué de poutres que l'on peut atteindre en se juchant sur la pointe des pieds. En passant ses doigts sur l'une d'elles, il avait rencontré, à tâtons, une pièce de monnaie, puis une autre, un porte-clefs, une broche souvenir, puis à nouveau d'autres pièces du monde entier. Les amoureux de Venise et les amoureux tout court y déposaient le fond de leur poche en signe de leur passage. Daniel avait sorti de la sienne le petit cheval puis l'avait glissé sur une poutre.

Deux jeunes Allemandes se prenaient en photo devant les toits de la ville et un homme filmait le panorama à cent quatre-vingts degrés avec une grosse caméra VHS. Véronique recommanda à Jérôme d'être prudent devant les balcons, tandis que Daniel levait la tête vers les poutres. Il retira son chapeau, le posa sur la rambarde de pierre et tendit la main. De mémoire, c'était dans l'angle gauche qu'il avait coincé le petit cheval. Il sentit une pièce de monnaie, un bout de papier cartonné qui pourrait bien être un billet d'avion, une autre pièce. Tu ne trouveras pas, lui dit Véronique, quand ses doigts entrèrent en contact avec quelque chose de doux et de froid. Un petit objet lisse qu'il détacha d'une pression, comme s'il se fût agi d'un fruit. Regarde, dit-il, émerveillé. Il tenait le petit cheval dans sa main. Jérôme s'approcha de son père qui leva les yeux vers Véronique dont le regard s'était voilé. Le petit cheval les attendait depuis douze années dans sa cachette, et cette seule pensée la submergeait d'émotion. Daniel le confia à Jérôme, puis se rapprocha de sa femme et la prit dans ses bras. À cet instant le vent se leva, les cheveux de Véronique lui balayèrent le visage et il ferma les yeux. Lorsqu'il les rouvrit, le chapeau n'était plus sur la rambarde de pierre.

Le cauchemar recommençait. Ce n'est pas possible, ce n'est pas possible, murmura-t-il en descendant l'escalier, le cœur affolé. Les marches plates du Bovolo semblaient sans fin, comme dans ces rêves où la pesanteur et le temps sont abolis. Le chapeau n'était pas dans la rue. Il n'était pas dans le jardin en bas de l'escalier. Peut-être avait-il ricoché le long des toits, et le vent l'avait-il emmené vers une des ruelles alentour ? Daniel courut vers l'une d'elles. Mais là non plus, nulle trace du chapeau. Les larmes lui montèrent aux yeux, ces larmes de colère et d'angoisse qui annoncent la crise de nerfs. Il lui sembla qu'il était à deux doigts de s'asseoir par terre et de hurler, lorsqu'il aperçut une silhouette. Un homme âgé, avec une canne, qui marchait entouré de deux femmes – sa femme et sa fille probablement. L'homme tenait à la main un chapeau noir. Lui-même portait un élégant feutre crème à bande bordeaux. Daniel courut vers lui. C'est à moi ! C'est mon chapeau ! dit-il, essoufflé. — *È francese*, dit l'homme en souriant. Ne vous inquiétez pas, annonça-t-il, avec un fort accent italien, j'avais trouvé votre petit mot dans le chapeau, je fais la même chose, ajouta-t-il dans un sourire complice. Puis l'homme âgé lui tendit le feutre. — Merci, monsieur, merci beaucoup, murmura Daniel en serrant le chapeau. — Je vous souhaite le bonjour, dit le vieil homme. Puis il souleva son chapeau en guise d'au revoir et tourna les talons, reprenant sa conversation en italien avec les deux femmes. Daniel regarda son chapeau, puis le retourna, vit la soie blanche dans le fond et la bande de cuir tout autour avec les initiales. Il la souleva, glissa deux doigts, avança de quelques centimètres, lorsqu'un frisson lui monta le long du cœur. Ses doigts avaient rencontré quelque chose. Il sortit une petite feuille pliée en quatre et l'ouvrit : « Récompense-Merci », suivi d'un numéro de téléphone.

Le fin papier rectangulaire était là depuis le début. Le feutre portait depuis le départ un SOS. Aucun de ceux qui l'avaient coiffé n'avait pensé à regarder si le propriétaire avait laissé un message. Seul un véritable amateur de chapeaux pouvait connaître cette astuce. Il lui sembla bien reconnaître la calligraphie – on l'avait vue principalement en période électorale, avec sa signature reproduite en fac-similé sur les tracts de campagne. C'était l'écriture de François Mitterrand.

C'est à toi de prendre la décision, lui avait dit Véronique après le dîner. Il les avait laissés remonter dans la chambre, demandant à s'accorder un temps de réflexion : Je vais faire une petite promenade, avait-il dit. Maintenant il était seul dans une ruelle faiblement éclairée, le clapotis des vaguelettes résonnait contre les vieilles pierres. Le chapeau sur la tête et les mains dans le dos, il monta sur un pont et contempla les reflets de la pleine lune dans l'eau. Sous le feutre noir, les derniers événements se bousculaient dans son cerveau ; Daniel tentait d'en faire une lecture logique.

Il se trouvait à Venise en même temps que le propriétaire légitime du chapeau, il venait de trouver le mot sous la bande de cuir. Le vieil Italien qui le lui avait rendu n'était peut-être qu'un élément du destin, et même le petit vent qui avait emporté le feutre lui semblait faire partie d'un tout qui se mettait en place. Il lui semblait, très clairement, qu'une requête lui était formulée, à lui, Daniel Mercier de la Sogetec, qui, sans ce chapeau, serait encore à Paris sous les ordres de Jean Maltard. Car le chapeau de Mitterrand avait modifié sa vie, c'était indéniable. Mlle Marquant avait, elle aussi, vu son destin changer, et l'étrange Aslan avait recréé un parfum.

Qu'avait fait Bernard Lavallière ? Il l'ignorait, mais le chapeau, là aussi, avait peut-être infléchi la trajectoire de cet homme. L'élection présidentielle approche, se dit Daniel, et le Président, lui aussi, doit agir sur le destin. Un *motoscafo* passa lentement sous le pont. Ses phares projetèrent une ombre démesurée sur le crépi des façades, celle d'un homme en manteau et chapeau. Daniel recula d'un pas. Il avait beau savoir que cette ombre était la sienne, ce fut celle de François Mitterrand qu'il vit. Immense et majestueuse, elle lui fit face quelques secondes avant de s'effacer dans la nuit.

Ce fut pour lui le signe ultime. Il savait désormais où était son devoir.

De retour dans la chambre, il annonça d'une voix grave : Je téléphonerai demain, puis il se déshabilla. Le dernier atour qu'il retira fut le chapeau, il le déposa sur le petit guéridon, près de la fenêtre, dans un reflet de lune.

« Y a-t-il un numéro de téléphone auquel on puisse vous rappeler, monsieur ? » Daniel donna celui de sa chambre, puis il raccrocha. Voilà, c'était irréversible. « Secrétariat général de l'Élysée », avait annoncé la voix en décrochant. Daniel avait expliqué son histoire de chapeau, la jeune femme lui avait demandé de patienter un instant.

Le téléphone de la chambre sonna un quart d'heure plus tard. Un homme s'adressa à lui très poliment. Nous allons rester discrets, cher monsieur Mercier : je suppose que vous avez lu les initiales à l'intérieur du chapeau... — Oui, je les ai lues. — Bien, je suppose donc que vous avez compris à qui appartient ce chapeau... — Oui. — Je peux donc compter sur votre discrétion... — Vous le pouvez, cependant j'aurai une requête, objecta Daniel. — Je vous écoute, dit l'homme à l'autre bout du fil. — Je souhaiterais le remettre en main propre à son propriétaire. — C'est bien comme cela que l'entend le propriétaire de ce chapeau, monsieur Mercier. Il vous donne rendez-vous au café *Florian* à dix-sept heures, premier salon en entrant à gauche.

À 16 h 40, Daniel coiffa pour la dernière fois le chapeau de Mitterrand, embrassa Véronique et Jérôme, les laissant à l'entrée de Santa Maria de la

Salute. J'ai rendez-vous avec François Mitterrand, je reviens tout à l'heure, dit-il à voix haute devant un groupe de touristes qui se retournèrent sur lui, puis il s'éloigna vers une gondole. Il ne discuta pas le prix de la course jusqu'à San Marco, ne s'assit pas dans le petit siège en cuir rouge. Il resta debout, au centre, le chapeau sur la tête et le visage souffleté par le vent chaud et salé de l'Adriatique.

À l'entrée du *Florian*, le maître d'hôtel, un Italien gominé doté d'une fine moustache et d'une silhouette elliptique, s'approcha de lui. J'ai rendez-vous avec François Mitterrand, lui dit Daniel en retirant son chapeau. Le maître d'hôtel inclina la tête et sans un mot désigna le petit salon à gauche. Sous la fresque d'un ange, le président de la République était assis devant une petite table en marbre blanc. Il portait un manteau sombre et une écharpe bordeaux. Il se leva : Bonjour, monsieur Mercier, dit-il en serrant la main de Daniel. — Bonjour, monsieur le Président, répondit Daniel, puis, à l'invitation du chef de l'État, il s'assit à ses côtés. François Mitterrand commanda du café qu'on leur apporta aussitôt sur un plateau d'argent. — Il y a une récompense, c'était inscrit sur le papier, annonça le premier des Français. — Non, murmura Daniel, je ne veux pas de récompense. François Mitterrand eut un sourire mi-amusé, mi-fataliste. — Puisque vous ne voulez pas de récompense, je vais vous faire une confidence… ce chapeau… je ne l'ai pas égaré à Venise, mais à Paris, il y a un certain temps de cela. Il marqua une pause. Il a dû vivre quelques aventures avant de se retrouver sur cette table, ajouta-t-il en caressant le feutre, mais nous n'en saurons jamais rien. Il fixa Daniel, un sourire énigmatique sur les lèvres. — Non, nous ne saurons jamais, murmura Daniel qui ne pouvait détacher son regard de celui du chef de l'État. Il y eut un nouveau silence, puis François Mitterrand se pencha vers son café et commença à le boire à petites gorgées. Par la fenêtre entrouverte du salon, on apercevait la place San Marco, sous les Procuraties la foule passait dans le soleil. — Vous venez souvent à Venise ? lui demanda le Président. — Pas depuis mon voyage de noces, je suis revenu avec ma femme et mon fils. — Vous avez raison de revenir, moi j'y viens dès que j'ai un moment. — Hier, nous sommes montés au Bovolo, précisa Daniel. — Vous êtes un homme de goût, monsieur Mercier, le Campanile, c'est pour les touristes, les vrais amateurs montent au Bovolo. Il y a aussi un très beau cloître à quelques pas d'ici, le seul exemple d'art roman à Venise, peu de gens le connaissent, je vous le montrerai en sortant. — Merci, murmura Daniel. — Quand je pense que pour certains, Venise est triste, reprit le chef de l'État dans un battement de paupières. — Je ne fais pas partie de ceux-là, répondit Daniel, pour moi Venise est gaie et puis Venise, c'est la beauté. — Oui, la beauté... murmura François Mitterrand.

La récompense, il la vivait. Plus qu'une récompense, un désir, un souhait, un vœu avait été exaucé.

Il était devenu le quatrième convive du dîner.

Épilogue

En noir et blanc, particulièrement bien étalonnée au tirage, on aurait presque dit un cliché de Cartier-Bresson. La photo présentait Daniel Mercier à la sortie de la Sogetec, le feutre noir sur la tête. L'homme à la cravate grise jeta un regard appuyé à son collègue, puis il s'adressa au Président : Nous pouvons le récupérer, monsieur le Président. — Comment comptez-vous vous y prendre ? avait demandé le chef de l'État derrière ses lunettes. — On l'agresse et on le reprend. — Ah non ! s'était-il exclamé, pas de violence, cet homme saurait que c'est moi... Non, répéta-t-il doucement avant d'entrer dans un de ces silences qui déstabilisaient tant ses interlocuteurs, suivez-le... — Il faut suivre Daniel Mercier ? — Non, le chapeau, c'est le chapeau qu'il faut suivre. Et l'homme à la cravate grise ressortit du bureau accompagné de son collègue.

Une heure après que le Président avait oublié son feutre dans la brasserie, deux hommes de la cellule élyséenne s'étaient présentés. Le chapeau ne se trouvant plus sur place, ils envisagèrent le vol. Le maître d'hôtel confirma que le voisin du Président était reparti avec un feutre noir. L'avait-il au début ? Dans le trouble dans lequel il se trouvait, il s'avéra incapable de le dire. Le voisin était un client inconnu qui n'avait pas réservé mais avait payé en carte bleue. Les hommes de l'Élysée repartirent avec une copie du ticket de caisse. Daniel Mercier fut localisé dès le lendemain.

Lorsqu'il l'oublia dans le train, le soir même un télex tomba sur la ligne confidentielle de l'Élysée annonçant qu'une femme blonde s'en était emparée. Le lendemain matin, François Mitterrand, qui ne dormait jamais à l'Élysée, découvrit le message en buvant son café. Comme c'est intéressant, dit-il, une femme... Possède-t-on une photo de cette femme ? En fin de journée tombait sur le bureau présidentiel une photo de Fanny Marquant dans le parc Monceau, accompagnée de la note suivante : La femme l'abandonne sur un banc, renseignements sur l'homme qui le récupère en cours. Pourquoi l'a-t-elle abandonné sur ce banc ? — Je ne sais pas, monsieur le Président, nous étudions toutes les hypothèses, répondit l'homme à la cravate grise. — C'est une très jolie femme... commenta le chef de l'État avant de lui rendre la photo.

Dès sa publication, la petite annonce de Daniel Mercier fut répertoriée. La cellule élyséenne demanda au journal une copie de toutes les lettres qui leur parviendraient. Raison d'État. Le Président put ainsi lire, une fin d'après-midi ensoleillée dans le parc de l'Élysée, la nouvelle de Fanny Marquant, *Le Chapeau*. Quelque temps plus tard, lorsqu'il apprit que Pierre Aslan composait un nouveau parfum, il demanda qu'on lui en procure un flacon.

Quand les hommes de l'Élysée découvrirent par une des lettres que Pierre Aslan n'avait plus le chapeau, un vent de folie souffla durant quelques heures. Comment pouvait-il ne pas l'avoir puisque la veille encore il était rentré chez lui le portant sur

la tête ? Durant quelques semaines, l'homme à la cravate grise évita soigneusement le sujet du chapeau avec le chef de l'État. Puis, la lettre du parfumeur donnant de plus amples informations sur la perte du feutre leur parvint. Ils dépêchèrent aussitôt deux hommes à la brasserie. Munis de fausses cartes des impôts, ils épluchèrent les comptes, identifiant Bernard Lavallière, qui avait réglé par chèque, comme étant le nouveau porteur du chapeau. La surveillance se concentra aussitôt sur la rue de Passy. Le parfumeur n'a plus le chapeau ? Et vous, vous ne vous en étiez pas aperçus...
— Non, monsieur le Président. Il y a eu une sorte de confusion. — C'est fâcheux... commenta le chef de l'État du bout des lèvres. Qui est ce Lavallière ? ajouta-t-il. — Un homme d'Axa, un dossier va suivre, monsieur le Président. Quelque temps plus tard, l'homme à la cravate grise vint chercher le Président au fond du parc de l'Élysée. Celui-ci jouait à envoyer un bâton à son labrador noir. — Mercier l'a volé, annonça-t-il. — Vraiment ? Ce garçon est décidément plein de ressources. Le même après-midi, François Mitterrand demanda que l'on ajoute la *Librairie de la Mouette* aux librairies de commande de l'Élysée.

Il ne se passe plus rien sur le dossier chapeau, monsieur le Président, annonça l'homme à la cravate grise, un jour qu'ils faisaient le point sur les affaires privées en cours. Devons-nous continuer le suivi ? — Non, dit le chef de l'État après réflexion. Laissons faire le destin, ajouta-t-il, songeur. — Destruction, monsieur le Président, ou archives ? — Destruction, bien sûr. Le lendemain, il revint dans le bureau présidentiel, le dossier chapeau sous le bras. François Mitterrand chaussa ses lunettes, feuilleta une dernière fois les rapports et les photos, s'arrêta sur celle de Fanny Marquant, assise dans le parc Monceau, le chapeau sur la tête. Il l'écarta du dossier et la posa à part. — Archives personnelles, dit-il. Puis il parapha l'ordre de destruction de ses initiales.

Vingt ans plus tard, le 29 janvier 2008, les effets personnels de François Mitterrand furent mis en vente à la salle Drouot. Dans cette vacation de trois cent soixante-huit lots, comprenant aussi bien ses costumes, ses cravates et ses chemises que des cadeaux offerts par les chefs d'État étrangers, on ne compta pas moins de dix-neuf chapeaux : cinq feutres, deux de laine, un en daim, deux hauts-de-forme, un chapeau melon et huit de paille. Le feutre noir qu'acheta le Parti socialiste ce jour-là est-il celui de cette histoire ? Rien n'est moins sûr. Dans la vie d'un porteur de chapeaux, ils se succèdent, s'usent, s'égarent et se retrouvent mais aussi parfois disparaissent à jamais. Le fait qu'il n'y ait eu qu'un seul chapeau noir à cette vente laisse perplexe : en avait-il d'autres ? C'est probable. Que ses proches auraient gardés ? C'est également probable. On ne saura jamais. Et tandis que le marteau claquait les enchères, Pierre Aslan sirotait un verre d'asti sur la place des Offices à Florence. Après son coup d'éclat qui le vit revenir en triomphe sur la scène internationale, il ne créa plus rien. Volontairement. Il préféra se retirer sur un succès et construire sa légende. Certaines sources prétendent qu'il exécutait en secret des compositions pour quelques clients privés qui l'auraient payé des fortunes. On cita le sultan de Brunei et même Bill Gates, mais cela ne fut jamais vérifié. Pierre Aslan vit désormais retiré à Florence. Il n'a accordé aucune interview depuis 1987. Édouard Lanier, l'amant de Fanny Marquant, continua de tromper sa femme qui demanda le divorce en 1992. Il se remaria avec une femme plus jeune, qui à son tour le trompa, puis le quitta. Après avoir pris sa retraite du groupe Danone, il investit son argent dans une chaîne de salons de massage en Thaïlande. Il y vécut avec une dénommée Bongkoj. On perd sa trace après le tsunami de 2004. Le docteur Fremenberg décéda dans son cabinet en 2001 durant une séance, sans faire de bruit. Sa collection d'art africain fut vendue chez Christie's en 2002 sous le titre « Collection du docteur F. ». La statuette au sexe dressé qui déplaisait tant à Aslan fut adjugée 120 500 euros avec les frais. Elle se trouve aujourd'hui dans une collection particulière à Washington. Esther Kerwitcz continua ses tournées jusqu'à l'an 2000. Passé cette date, elle décida de mettre un terme à ses représentations publiques et n'enregistra que quatre ultimes disques. Connus sous l'appellation « Tetra Kerwitcz », ils font partie des interprétations classiques les plus téléchargées sur le Net. Elle vit à Florence avec Pierre Aslan. Fanny Marquant devint la veuve de Michel Carlier – l'homme au chapeau gris – quelques années après l'ouverture de sa librairie. Elle conserva son commerce durant quinze ans et eut encore de nombreuses aventures, jusqu'à ce qu'un lord de la Couronne britannique tombe éperdument amoureux d'elle lors d'un séjour sur la côte normande. Il l'épousa et l'emmena dans le Sussex, où Fanny s'ennuya beaucoup. Aujourd'hui encore, elle a bien du mal à maîtriser la langue anglaise. Son court roman *The French Lady* connut un succès d'estime et lui valut quelques bons papiers dans la presse britannique, dont un entretien au *Daily Mirror*. Elle considère que le seul homme qu'elle ait aimé restera Michel Carlier. Bernard Lavallière se passionna littéralement pour Jean-Michel Basquiat, qu'il ne croisa qu'une brève matinée en janvier 1988, où, par chance, celui-ci n'était pas complètement défoncé et ne s'offusqua pas de cet homme en complet et cravate qui lui parlait avec beaucoup de sincérité des vibrations de ses toiles. À la mort de l'artiste, sept mois plus tard, il ne possédait pas moins de neuf tableaux, dont cinq de la meilleure époque (1981-1983). Les années qui suivirent, Bernard continua d'en acheter jusqu'à ce que la cote de l'Américain ne soit plus dans ses moyens. Et lorsque les toiles qu'il avait acquises pour cent cinquante mille ou deux cent mille francs s'envolèrent à dix millions de dollars pièce dans les années 2010, le flot de sarcasmes dont il avait été l'objet dans son milieu céda la place à une fascination horrifiée mêlée de haine. Daniel Mercier a pris sa retraite dans le pays d'Auge. Il termina son parcours professionnel en dirigeant la Sogetec Normandie. Pour son plaisir, et en secret, il a commencé de rédiger un récit de son aventure avec le chapeau du Président – il en est à la page 20 et n'en voit pas le bout. Il continue de ne pouvoir manger une huître au vinaigre sans entendre : « Je l'ai dit à Helmut Kohl, la semaine dernière... » Quelques mois après avoir retrouvé son chapeau, François Mitterrand pulvérisa toutes les prédictions des instituts de sondages, se faisant réélire avec 54,2 % des suffrages exprimés. Affaibli par la maladie, il passa son dernier Noël à Assouan, en Égypte, avant de revenir brusquement en France où il décéda une semaine après, durant l'hiver 1996.

C'est sur une ultime énigme qu'il tira sa révérence : lors de ses derniers vœux aux Français, il prononça une phrase insolite, décalée dans cet exercice si convenu. On la commenta beaucoup sans pourtant que qui que ce soit en donne une interprétation satisfaisante. Lui-même ne s'expliqua jamais. Aujourd'hui encore, cette phrase totalise 4 610 000 réponses sur Google. À vingt-trois secondes de la fin de son allocution du 31 décembre 1994, il plante ses yeux dans la caméra : « Je crois aux forces de l'esprit et je ne vous quitterai pas. »

10267

Composition
NORD COMPO

Achevé d'imprimer en Espagne
par CPI
le 20 mars 2015.

1ᵉʳ dépôt légal dans la collection : février 2013.
EAN 9782290057261
OTP L21EPLN001281B006

ÉDITIONS J'AI LU
87, quai Panhard-et-Levassor, 75013 Paris

Diffusion France et étranger : Flammarion